U0938464

愛情詩賞

讀新詩串起的愛情故事

陳永康 著

目錄

前　言

有人説，生活是一張大網，網住了我們一生的故事。我想起愛情也是一張好大的網，「情網」在我們一生的淚水中撈起了甜酸苦辣。人生原是一本故事書，戀愛情懷總是詩，要讀書賞詩，首先想到的可能是陪我們走過大半生的愛情故事，所以我選了「愛情詩」；我選擇反映新時代戀愛故事的新詩和大家分享。

我們都知道，「愛情詩」從來是古今中外文人墨客筆耕的必爭之地，新時代的詩人，能在這塊耕種多年的土壤裏翻出甚麼新意，耕出怎樣的花樣來？這是新詩作者面對的挑戰、是新詩人要突破的地方，這也是我選詩、賞詩的原則。但願本書所選的愛情詩篇，帶給大家讀詩的樂趣之餘，也豐富我們對生命的領悟。

《愛情詩賞》是我給新詩初學者寫的第三本入門書。本書與初學者分享讀愛情詩的樂趣，也藉機向大家介紹一些簡單的寫詩技巧。於是，我選題材內容清新、易明，篇幅比較短小，在寫作手法上「有法可依」的詩篇。「愛情詩賞」不離「內容」與「技巧」的挖掘，為免讀者背負「學術包袱」，本書就這兩方面不會作太深入的討論。沒有一張網可以網羅生活所有的故事，本書也不可能網羅所有的愛情詩篇，何況不少以「愛情」為主題的詩篇，往往「包裝另一個潛藏的主題，譬如，生命的虛無，苦澀，無奈，艱辛」（鍾偉民語）。就讓我們順着本書的副題「讀新詩串起的愛情故事」，以「愛情故事」串連全書。而「故事」也不必完整，或者更多的是愛情故事的某個片段、感人的一刻。且看善感的詩人如何把握生活，如何將點滴感受化作動人的詩篇。

《愛情詩賞》選詩從初戀到熱戀，由結婚到白頭，與大家一起經歷愛情的不同階段、一起走情路的高低起伏。甚麼是真實而恆久的愛情呢？情詩往往「淒美而不可解」（鍾偉民語），我們都真實地愛過，美好的詩篇可以恆久保存。希望大家沉醉於浪漫纏綿、可歌可泣的詩篇的同時，能從中體會詩人多愁善感的心靈，把握詩人寫詩的竅門和技巧。讀詩原是要豐富我們的人生，我們都有能力譜寫自己的詩篇。

《愛情詩賞》得以順利出版，要感謝給我們譜寫愛情詩篇的一眾詩人！感謝香港藝術發展局資助！感謝匯智出版社羅國洪先生大力支持！感謝鍾國強先生、潘步釗校長！感謝亦師亦友的樊善標教授！三位詩壇前輩的推介，替小書增添光彩。惟個人學識所限，本書或有錯漏之處，望各方包涵。

陳永康 謹識

1 網

空攝迷魂，
他犯何辜受此羈縲！

詩人北島寫過一首題為〈生活〉的詩，內容就只有一個字，曰：「網」。「網」字讓我們想起生活就像一張不斷向外伸展的大網，可以「網羅」許多事物，於是生活就變得多采多姿；「網」字也讓我們想起生活上的種種「約束」，總讓我們沒法逃離，於是生活很痛苦。我們對「生活」有怎樣的理解，在生活上有過怎樣的遭遇，便造就我們怎樣的人生觀。〈生活〉的詩意充滿張力，大抵建基於我們不同的人生觀。

可愛復可怕的情網

將愛情比喻為一張「網」，最早見於清代李漁的〈比目魚〉：「似這等虛張情網，空攝迷魂，他犯何辜受此羈縲！」「情網」無疑是我們生活裏一張好大的「網」，於是我們想起浪漫纏綿的愛情；想起可歌可泣的愛情。甚麼時候，又是在怎樣的情況下，我們走進了這張既可愛復可怕的情網……

讓我們來看看謝雪浩少年時寫的一首同名小情詩：

網 ｜ 謝雪浩

搔了搔頭　卻越是不知所措
拍一拍額
心裏只有更亂
以為是擺脫了羈絆
卻原來陷入了更深的迷惘
年青的心開始疑惑
我該不該走進這張網？

少年謝雪浩的〈網〉沒有像北島的世故，也沒有李漁般悲觀。此詩內容十分淺白，詩人也沒有運用甚麼特別的修辭技巧，只是簡單地將少年初入情場，迷惑、不知所措的行為動作呈現在讀者面前。「搔了搔頭」是要理清楚混亂的思緒，結果「卻越是不知所措」；「拍一拍額」是要給自己打氣、壯膽？卻又換來「心裏只有更亂」。既然想擺脫「羈絆」，又何苦問自己「該不該走進這張網」？一顆單純的心，一個單純的動作，本來要呈現單純的情懷，怎麼變得複雜起來了呢？「情網」可愛復可怕，這種矛盾的心情，可能要在謝雪浩的另一首小情詩〈刺痛的感覺〉裏找答案：

刺痛的感覺 | 謝雪浩

望了一眼
一種刺痛的感覺
或許是我太傻
再望一眼
還是那種刺痛的感覺

〈刺痛的感覺〉和〈網〉原是謝雪浩〈情詩三首〉裏的兩首詩，〈網〉是第一首，〈刺痛的感覺〉排行第二。此詩安排在〈網〉之後，似要替前文留下的矛盾心情作進一步的闡述。

〈刺痛的感覺〉內容更加簡單，詩人反覆寫少年向心儀對像「望一眼」的相同感受——「刺痛的感覺」。為甚麼望向「心上人」會有「刺痛的感覺」？那是因為你望向「心上人」，對方卻無視你的存在，那是一種被拒絕、被拋棄的痛楚？還是因為「我們」終於四目相投，以為心靈相通，卻原來自作多情？或者你發覺了自己「光望」而不敢表白的懦弱，想起最終要眼白白看着別人帶走「自己的情人」，便有一種恨鐵不成鋼的痛楚？你復發覺自己很「傻」，沒膽闖情關卻又沒法擺脫誘惑。「傻」招致自己「痛」；「痛」也因為自己「傻」。就這樣，不知不覺間墮入了這個惡性循環、墮入了這張情網……

有一些自作聰明的人，會出奇招化解情困的煎熬。且看夏宇的〈空城計〉：

空城計　為 P 寫給 H　|　夏宇

凡心思猶豫處
皆留一盞燈
整個世界燈火通明
剩個不解人在唯一的暗裏
mon amour，mon amour
在我的心。我的心

*mon amour 即法語「我的愛人」

〈空城計〉寫情場上的含羞草、膽小鬼，既不敢向所愛的人表白，又怕人家知道自己在暗戀別人，於是擺「空城計」，以為可以欺人，其實是自欺。

我們從此詩的副題「為 P 寫給 H」，便猜得出是 P 在暗戀 H。「心思猶豫處」，就是曖昧、不清楚的地方。P 要掩飾自己暗戀 H 的「醜事」，就要處處避嫌，日常生活避免與 H 扯上任何關係，要與 H 劃清界線。於是，稍有與 H 曖昧的地方都要「留一盞燈」，讓「整個世界燈火通明」，黑白分明，大家看得清清楚楚──「我對 H 沒意思」。然後，P 獨自躲在「唯一的暗裏」自言自語：「mon amour，mon amour／在我的心。我的心」。

詩人說 P 是個「不解人」，既可憐、也可笑。擺「空城計」原以為可以免受情網的羈絆，不知道其實是作繭自縛，自投羅網。況且「燈」留得太多，反而更加招人懷疑。你越是刻意避開某些事情，反而越容易引起別人的注意。〈空城計〉是夏宇「為 P 寫給 H」的，可以想像，P 的空城計早就讓旁人識穿了。你想起「此地無銀三百兩」的笑話？所以我們說 P 是個大傻瓜。

〈空城計〉主要刻畫「不解人」的情場心思，詩人借用諸葛亮的軍事智慧，寫情場上的空城計。「情場如戰場」，此詩示範的卻是一個失敗的戰略，詩人幽了諸葛亮一默，也間接加強了此詩的反諷意味。想一想，我們身邊也有這類失敗的「空城計」嗎？此詩沒有交代擺空城計的具體內容，你可以舉幾個具體的例子嗎？當中或者有成功奪得芳心的故事。

猶「尾生抱柱」的情場傻瓜

情場上的大傻瓜，有時可以釀出「凶殺案」來！我又想起夏宇，讀讀她的〈情殺案〉：

情殺案（節錄）｜夏宇

我深怕
在我偷偷寫着你的名字的時候
突然就死了
於是
世界知道了他們不該知道的

……

寫你的名字
只是為了擦掉
但我深怕
來不及了

於是一切都發生了

……

〈情殺案〉的詩題頗嚇人，細讀內文卻禁不住會心微笑。此詩內容簡單易明，主要刻畫「我」的行為和內心獨白：「我」在偷偷寫「你」的名字，是想與「你」獨處，感受相愛的浪漫。因為「我」沒膽量向「你」表白，唯有與「你的名字」相愛，一解單戀之苦。這等「醜事」絕對不能讓別人知道，於是「寫你的名字／只是為了擦掉」，而且務必在片刻「相聚」之後及時擦掉，免生意外——比方「我」突然死了，「於是／世界知道了他們不該知道的」……

〈情殺案〉沒有運用甚麼特別的修辭技巧，卻充滿張力。「驚人」的詩題極富幽默感，當中的「情殺」更是「案中有案」：

1	「我深怕」在與「你的名字」幽會時 「突然就死了」	▸	「我」被殺
2	「我」寫「你的名字」，然後擦掉「你」	▸	「我」殺「你」
3	「我」擦掉「我的情人」、擦掉「我」的感情	▸	自殺

寫名字原是為了擦掉名字；愛一個人如同做盜賊，甚至變成「殺人犯」！你也曾親手「殺」過暗戀的人？親手「殺」過自己的感情？

也有一些自命清醒的「情場殺手」，本來可以當機立斷揮刀斬情絲，卻執迷不悟。我們讀讀方莘的〈開着門的電話亭〉：

開着門的電話亭 ｜ 方莘

一個孤獨少年説：
她的笑聲是一把閃亮閃亮的銀角子
撒得滿地叮噹叮噹作響。
而我不是一座開着門的電話亭
唉，根本不是——

就連小小的小小的一枚企望
都不能投入。

〈開着門的電話亭〉由兩節寫成，主要交代「孤獨少年」的獨白。詩人運用了一個非常奇特的比喻寫「孤獨少年」的單戀故事。

詩甫開首，詩人就把「她的笑聲」比擬成「一把閃亮閃亮的銀角子／撒得滿地叮噹叮噹作響」。可見少年心上的「她」，是一個笑口常開的活潑姑娘。接着，詩人將「我」比喻成一座電話亭——「而我不是一座開着門的電話亭」。「我不是一座開着門的電話亭」，意即「我是一座關着門的電話亭」。「打電話」要投幣（銀角子），卻遇上「一座關着門的電話亭」，「溝通」註定是要失敗的了。詩人就透過「銀角子」和「關着門的電話亭」的比喻，來交代「我」和「她」的關係。原來「我」是一個銀角子無法投入的「電話亭」、一個自我封閉的少年。「我」註定沒法和姑娘溝通，相愛是不可能的了，「被情殺」是必然的事。

此詩的題目「開着門的電話亭」，既是「孤獨少年」的自嘲語，也是他的願望。「一座關着門的電話亭」，偏偏愛上一個「笑聲是一把閃亮閃亮的銀角子」的活潑少女。詩人借「打電話」來比喻「孤獨少年」的單戀故事，正正刺中了少年不擅溝通的要害。明知「就連小小的小小的一枚企望」都不能實現，就早該揮刀斬情絲，卻在自怨自艾。可憐的「孤獨少年」，始終難逃情網的羈絆。

寫孤獨少年難逃情網的，還有楊牧的〈水之湄〉：

水之湄　｜　楊牧

我已在這坐了四個下午了
沒有人打這兒走過——別談足音了
（寂寞裏）
鳳尾草從我足跟長到肩頭了
　不為甚麼地掩住我
說淙淙的水聲是一項難遣的記憶
我只能讓它寫在駐足的雲朵上了
南去二十公尺，一棵愛笑的蒲公英
風媒把花粉飄到我的斗笠上
我的斗笠能給你甚麼啊

（寂寞裏）
我的臥姿之影能給你甚麼啊
（寂寞裏）
四個下午的水聲比做四個下午的足音吧
倘若它們都是些急躁的少女
無止的爭執着
——那麼，誰也不能來，
我只要個午寐
哪！誰也不能來

〈水之湄〉出自十七歲少年詩人「葉珊」的手筆，「葉珊」即後來的「楊牧」。此詩由兩節組成，當中安排了幕後語「寂寞裏」穿插其中，「寂寞」無疑是此詩的主題。

楊牧的〈水之湄〉寫寂寞的十七歲、寫少年的單戀故事。「水之湄」語出〈詩經・蒹葭〉：「所謂伊人，在水之湄」句。不過，此詩的「水之湄」卻沒有伊人，只有一個孤獨的「我」，坐在「水之湄」守住自己的寂寞。

詩的第一節寫「我」「在這坐了四個下午了」，期間「沒有人打這兒走過」。四個下午的光陰，彷彿經過了一段很長的時間，以至身邊的「鳳尾草從我足跟長到肩頭了／不為甚麼地掩住我」。寂寞裏，「淙淙的水聲」勾起「我」串串「難遣的記憶」，揮之不去，就「讓它寫在駐足的雲朵上」吧。此刻，「南去二十公尺」有一棵蒲公英，「風媒把花粉飄到我的斗笠上」，「我」卻無動於衷，正如「我的斗笠能給你甚麼啊」？花粉不能感動我的斗笠，我的斗笠也不能打動你的心，嘆清風枉作媒……

此詩第二節寫「我」以「午寐」來排遣寂寞之情。既然「我」的斗笠不能打動你，「我（午寐）的臥姿之影能給你甚麼啊」？此刻，「我」只求一個安靜的環境，「我」要安撫自己的情緒，忘卻寂寞的傷痛。可是「我」做不到，因為身邊

「四個下午的水聲」恍如「四個下午的足音」，又如「急躁的少女」，在「無止的爭執着」。這些「難遣的記憶」總在纏繞着「我」，所以「我」要厲聲說「誰也不能來」。「誰也不能來」是自憐的說話；「哪！誰也不能來」更是賭氣的說話。

楊牧的〈水之湄〉擅於借景抒情。詩中的「鳳尾草」、「蒲公英」和「斗笠」間接向我們交代了一個「沒有人打這兒走過」，有雲朵、有清風的郊野場景；一個寂寞牧童的愛情故事。「我」在水之湄呆坐了四個下午，詩人首先借「鳳尾草從我足跟長到肩頭了」的誇張手法，表達了度日如年、寂寞難耐的情懷。寂寞難耐，卻又偏偏看見「風媒把花粉飄到我的斗笠上」，詩人借「風媒」向斗笠傳情無濟於事，暗示「我」的心意於你也無濟於事。所以說「我的斗笠能給你甚麼啊」。

詩人復借「鳳尾草從我足跟長到肩頭了」，巧妙化用「尾生抱柱」的愛情典故。〈莊子．盜跖〉篇云：「尾生與女子期於梁下，女子不來，水至不去，抱梁柱而死。」此詩寫「我」來到水之湄，寂寞地守了四個下午，身邊的「鳳尾草」如「水至不去」，以至「從我足跟長到肩頭了」，快要將我淹沒。而「你」始終沒有來。「我」的心既已死，就讓那些「難遣的記憶」隨浮雲飄去吧——而此刻，卻看見到處為家的雲朵竟在為「我」駐足、為「我」哀悼。

在水之湄，四個下午「沒有人打這兒走過」，最好讓「我」午寐療傷。不料「淙淙的水聲」卻變成了「一項難遣的記憶」，時刻在干擾「我」。「淙淙的水聲」何止干擾「我」的思緒，「淙淙的水聲」在後文竟變成了「四個下午的足音」，變成了「急躁的少女」在「無止的爭執着」。明明是自己無法安靜、無法擺脫「少女的足音」，卻推說人家「急躁」、人家「爭執」。這是由愛變怨、由愛變恨的情懷。詩人借「午寐」含蓄地交代「我」要逃避現實、逃避少女，卻又無法安睡的苦況。詩末「——那麼，誰也不能來」，既埋怨人家「沒有來」，也賭氣人家都「不能來」。

楊牧十分擅於運用對比手法來加強詩的張力。詩中「鳳尾草」的「不為甚麼」和「我」一心為了「你」、呆坐的「我」和「長到肩頭」的鳳尾草、一個不動和一個快速生長、「駐足的雲朵」和會飛的「花粉」，都構成了鮮明的對比，更加凸顯了「我」的寂寞情懷。詩人又以「淙淙的水聲」反襯「我」的安靜和不動。「淙淙的水聲」也代表「急躁的少女」，她們在「無止的爭執着」，也正好反襯「我」的寂寞和安靜。「淙淙的水聲」干擾着「我」的寂寞與無奈、干擾着「我」的午寐，構成了全詩的「對比主調」。

情場浪子 VS 疊帆歸巢

「情網」果真「空攝迷魂」！該如何逃離它的羈絆呢？唯有以瀟灑、不羈來面對。我們看看徐志摩的〈偶然〉：

偶然 ｜ 徐志摩

我是天空裏的一片雲，
偶爾投影在你的波心——
　　你不必訝異，
　　更無須歡喜——
在轉瞬間消滅了蹤影。

你我相逢在黑夜的海上，
你有你的，我有我的，方向；
　　你記得也好，
　　最好你忘掉，
在這交會時互放的光亮！

徐志摩的〈偶然〉由兩節組成，第一節寫「我」化身「天空裏的一片雲」，隨風飄動。「雲」（我）在天空裏飄，「偶爾投影在你的波心」。「你」的心裏有了我的「投影」，暗示

「你」愛上了「我」。然而，「我」卻不會長駐「你」的心裏，「我」不會被情網所困。「我」且勸「你不必訝異，／更無須歡喜──」，因為「我」「在轉瞬間消滅了蹤影」，我倆從此不再相見、不再相愛，不必為情所困。

此詩第二節進一步將這種萍水相逢、互不相牽（／欠）的愛情觀闡述得更加透徹。詩人將人生比作在「黑夜的海上」航行，我們萍水相逢，雖然在「交會時（有）互放的光亮！」──我們相愛過，卻仍然不忘勸「你記得也好，／最好你忘掉」，因為人海茫茫，「你有你的，我有我的，方向」，我們相逢、相愛只是「偶然」。我們很快又將消失於黑夜的海上，各自朝自己的方向航行⋯⋯

〈偶然〉中的「我」無視情網的羈絆，「我」浪漫、不羈的形象，全賴「雲」這個精心挑選的意象來建立。試想想：「雲」有些甚麼特性？雲飄浮不定，雲四海為家，雲到處留影（留情），雲可以穿網而過、不着痕跡⋯⋯於是，「我」勸「你不必訝異，／更無須歡喜──」、「你記得也好，／最好你忘掉」，就變得合情合理，不是「我」用情不專，只因我總會「在轉瞬間消滅了蹤影」，這是雲的本性，這是「我」的本性。

不過，並不是所有人都有能耐做情場浪子，何況浪子也有回頭的一天。且看鄭愁予的〈姊妹港〉：

姊妹港 | 鄭愁予

你有一灣小小的水域，生薄霧於水湄
你有小小的姊妹港，嘗被春眠輕掩
我是驚蟄後第一個晴日，將你端詳
乃把結伴的流雲，作泊者的小帆疊起

小小的姊妹港，寄泊的人都沉醉
那時，我興一個小小的潮
是少女熱淚的盈滿
偎着所有的舵，攀着所有泊者的夢緣
那時，或將我感動，便禁不住把長錨徐徐下碇

我們說〈姊妹港〉是一首情詩，那是因為詩的第二節「那時，我興一個小小的潮／是少女熱淚的盈滿」句，透露了此詩的謎底。此詩分兩節寫成，主要寫「港」、寫「流雲」、寫「泊者」、寫「小帆船」。如果「一個小小的潮」代表「少女的熱淚」，那麼，「潮水」滿溢、熱淚盈眶的眼睛就是「港」了，而兩隻長得一模一樣的眼睛，就成了「姊妹港」。

原來詩人將少女的一雙大眼睛比喻成「姊妹港」，「生

薄霧於水湄」，就是水汪汪、模模糊糊，眼眶裏像藏了霧水一樣的「桃花眼」。這雙眼「嘗被春眠輕掩」，待到「驚蟄」時便把少女喚醒，「我」便化身「第一個晴日」，來「將你端詳」。那美麗的「姊妹港」，那誘人的大眼睛，就這樣將「我」迷住了。於是，「我」「乃把結伴的流雲，作泊者的小帆疊起」。「我」原是一個與流雲結伴、駕小舟四處飄泊的浪子，從前見過不少美麗的港（眼睛），卻沒有一個（港／少女）能把「我」挽留。如今終因為這雙大眼睛（姊妹港），「我」便把「流雲疊起」，且「禁不住把長錨徐徐下碇」。「我」從此留下來，要長伴這「小小的姊妹港」。

此詩第二節進一步交代了「我」被感動「下碇」的緣由。「小小的姊妹港，寄泊的人都沉醉」；少女美麗的大眼睛，迷倒一眾航海飄泊的男子（／浪子）。少女美麗且情深，她眼睛裏有「一個小小的潮」，淚眼汪汪地「偎着」你的「舵」，「攀着」你的「夢緣」——在你的夢中出現，就教人不忍離去。於是浪子回頭，心甘情願，自投情網……

寫〈姊妹港〉的鄭愁予，除設計了一個精妙絕倫的比喻，還擅於運用互相對比的意象，刻畫浪子的不羈與少女的情深纏綿。和徐志摩的〈偶然〉一樣，詩人筆下的泊者與「流雲」結伴。「流雲」飄浮不定、四海為家、放浪不羈，正正是駕舟飄泊四海的泊者（浪子）的寫照。「把結伴的流雲，作泊者的小帆疊起」句，十分形象、生動地刻畫出白色的「流雲」，變成白色的「小帆」，然後「疊起」，浪子從此不再出海的情況。「流雲」與「偎着」、「攀着」，一個遠走，一個依戀，形成強烈的對比，更加突出浪子回頭的可貴，突出少女的情深可愛。

2

諾

以整生的愛

點燃一盞燈

世界之大，相愛不易。一見鍾情也好，日久生情也好，兩情相悅，還要其中一方踏出第一步。如果雙方都沒有勇氣表白，再浪漫的愛情故事，也只會胎死腹中。

甘願飄落的花瓣

談戀愛是一個交心的遊戲，當你喜歡一個人，交出了自己的心，同樣換來一顆熾熱的心？還是被對方扔在一邊？到了那個時候，恐怕連自己也討厭自己，不想拾回那顆破碎了的心。於是表白不易，戀愛不易。我們看看席慕蓉的〈一棵開花的樹〉：

一棵開花的樹　｜　席慕蓉

如何讓你遇見我
在我最美麗的時刻　為這
我已在佛前　求了五百年
求祂讓我們結一段塵緣

佛於是把我化作一棵樹
長在你必經的路旁
陽光下慎重地開滿了花
朵朵都是我前世的盼望

當你走近　請你細聽
顫抖的葉是我等待的熱情
而當你終於無視地走過
在你身後落了一地的
朋友啊　那不是花瓣
是我凋零的心

天生被動的「我」，該如何讓心上人愛上自己呢？唯有求佛「把我化作一棵樹」，「長在你必經的路旁／陽光下慎重地開滿了花」，「在我最美麗的時刻」，吸引你的目光，然後「讓我們結一段塵緣」。可惜事與願違，「你」始終「無視地走過」，遺下「我凋零的心」。席慕蓉的〈一棵開花的樹〉可能道盡了一眾害怕向心上人表白的痴男怨女的心聲。

此詩的作者既是一位女性，詩中又以花的開落來暗喻「我」的容顏和「凋零的心」。於是，「我」默默守候「一段塵緣」降臨的詩篇，順理成章被視為一首「女追男」的求愛情詩，一首女孩子寫給男孩子的情詩。詩人將「我」含蓄、委婉地向心上人示愛的形象寫得維妙維肖。「花開」是少女美麗的樣子；「花落」是少女失望復失色的容顏，是少女凋零的心。詩中「慎重」與「無視」、「最美麗」與「凋零」、「顫抖」與「落了一地」互相對應，形成強烈的對比，直接加強了此詩的感染力。

寫〈一棵開花的樹〉的席慕蓉原來並沒有想過，此詩會被廣大讀者誤讀成一首譜寫男歡女愛的情詩。席小姐在分享此詩的創作過程時說：有一次坐火車經過苗栗的山間，從山洞出來，無意間看到高高的山坡上有一棵油桐開滿了白色的花。大自然的生生不息，自得自在，觸發了詩人的創作靈感，這是「寫給自然界的一首情詩」。既然談情說愛和讀詩一樣，往往一廂情願，但願那些單戀故事的主角們，都能像山坡上那棵油桐一樣，即使沒有人看、沒有人愛，也一樣花開燦爛，自得自在。

少女情懷總是詩，默默守候情郎的情懷，在外人眼中往往顯得更加浪漫動人。我想起陳輝的〈姑娘〉：

姑娘 | 陳輝

三月的風
吹着杏花
杏花
一瓣瓣地
一瓣瓣地
在飄
在飄呀。

姑娘
坐在井邊
轉動了轆轤
用眼睛
向哥哥說話……

——哥哥
哪兒去啦！
笑了一笑，
背着土槍

跑向響炮的地方去了。

杏花
飄在姑娘的臉上
姑娘
鼓着小嘴巴
在想
這一槍
該是哥哥放的吧？

陳輝的〈姑娘〉分四節寫成，全詩主要記敍「姑娘／坐在井邊／轉動了轆轤／用眼睛／向哥哥說話」。很明顯，這是姑娘在向哥哥傳情、表白。姑娘用眼睛向哥哥說了些甚麼情話呢？後面是一串省略號，詩人沒有交代。詩的第三節以破折號來概括姑娘的情話：「——哥哥／哪兒去啦！」哥哥沒說話，只是「笑了一笑，／背着土槍／跑向響炮的地方去了」。對於姑娘的愛意，哥哥算是婉拒了。看來這又是一個神女有心、襄王無夢的單戀故事。

〈姑娘〉讀來哀怨、纏綿，全得力於首、尾兩節精妙的意象經營。這兩節主要寫「杏花／一瓣瓣地／一瓣瓣地／在飄」。「杏花」這個意象在詩中有着多重意義。「杏花」首先讓我們想起花樣年華的姑娘；「杏花」隨風「一瓣瓣地／在飄」，讓我們想起姑娘美麗的容顏，也一天一天地隨風「掉落」。末節「杏花／飄在姑娘的臉上」句，將「姑娘的臉」和「杏花」拼貼在一起，以花喻姑娘的意思更加明顯。

詩人還擅於利用「杏花」這個意象，「嫁接」出豐富而精彩的內容。讓我們來重溫「杏花」由首節到末節的發展脈絡：此詩首節寫「三月的風／吹着杏花」，杏花的花瓣「在飄呀」。末節承接首節，寫杏花「飄在姑娘的臉上」。我們繼續讀下去，就發現「飄在姑娘的臉上」的花瓣，無端變成了「這一槍／該是哥哥放的吧？」這時，「姑娘／鼓着小嘴巴／在想／這一槍／該是哥哥放的吧？」明明前文在寫花瓣在飄，飄落在姑娘的臉上，怎麼轉眼卻變成了「一槍」？下面是由「花瓣」變成「一槍」的意象「嫁接軌跡」：

杏花 ▸ 飄落 ▸ 臉上 ▸ 這一槍 ▸ 哥哥放的吧？

要解開詩人「嫁接」意象的謎底，還得回顧第二節內容。第二節寫姑娘「坐在井邊」，「用眼睛」向哥哥傳情，問「哥哥／哪兒去啦」，哥哥只「笑了一笑」，「背着土槍／跑向響炮的地方去了」。為保家國，哥哥放下兒女私情，上前線去了，遺下思念哥哥的姑娘⋯⋯

三月，冬去春來，杏花開落的時候，痴心的姑娘仍在想念遠方的哥哥，「杏花／飄在姑娘的臉上」，姑娘「在想／這一槍／該是哥哥放的吧？」將飄落的「杏花」，變成哥哥放的「一槍」，詩人含蓄地向讀者訴說了一個哀怨的愛情故事。

原來杏花都在春天開落，且開落前後顏色都不同。杏花含苞待放時，朵朵豔紅，隨着花瓣的伸展，色彩由濃漸漸變淡，到謝落時就變成雪白一片。於是，由「杏花／飄在姑娘的臉上」，到哥哥放的「一槍」，就「嫁接」出豐富的思想內涵：

1 杏花一瓣瓣地在飄，姑娘一年一年地老去。為了心上人，姑娘不惜犧牲青春，甘願永遠地等下去；

2 花瓣飄落在姑娘臉上，如同哥哥向姑娘放了一槍。歲月無情，哥哥狠心；

3 姑娘「落花有意」，哥哥「放槍無情」。姑娘的感情給哥哥「槍斃」了；

4 姑娘甘願「中槍」！無了期的等待如同自殺？姑娘自嘲復自怨？⋯⋯

5 姑娘「鼓着小嘴巴」，想像哥哥在戰場上殺敵，向鬼子放槍。痴痴的姑娘，和哥哥一樣，為保家國，願意放下兒女私情……

〈姑娘〉寫於抗戰時期，詩中的哥哥為了保家衛國，拒絕姑娘的愛意，放下兒女私情，誠迫不得已。詩人借「杏花」的飄落，「嫁接」出一個哀怨纏綿的愛情故事，也誠非一般落花有意、流水無情的愛情故事可比擬。莫道「女追男隔層紗」，如今〈姑娘〉面對的障礙卻是家國大事。看來談情說愛，還得看時世。

出奇制勝的含羞草

愛情路上，有甘願飄落的花瓣，也有外表剛強的含羞草。我們看看洛夫的〈因為風的緣故〉：

因為風的緣故 ｜ 洛夫

昨日我沿着河岸
漫步到
蘆葦彎腰喝水的地方
順便請煙囪
在天空為我寫一封長長的信
潦是潦草了些
而我的心意
則明亮亦如你窗前的燭光
稍有曖昧之處
勢所難免
　因為風的緣故

此信你能否看懂並不重要
重要的是
你務必在雛菊尚未全部凋零之前
趕快發怒，或者發笑
趕快從箱子裏找出我那件薄衫子
趕快對鏡梳你那又黑又柔的嫵媚
然後以整生的愛
點燃一盞燈
我是火
隨時可能熄滅
　因為風的緣故

〈因為風的緣故〉是一首記敘男孩子向女孩子表白的情詩。詩的第一節寫「我」，不知如何向「你」表白愛意，於是，滿懷心事「漫步到／蘆葦彎腰喝水的地方」，放眼河岸遠處的炊煙和天色。此時，「我」靈機一動，想到讓「煙囪」「在天空為我寫一封長長的信」。「煙囪」是「筆」，「天空」是「紙」，煙囪吐出來的「煙」就成了情信的「內容」（筆跡）……

不過，借煙囪寫信有一個毛病，就是「潦是潦草了些」，讀起來「曖昧」——人家看不懂你在寫甚麼：

潦是潦草了些
而我的心意
則明亮亦如你窗前的燭光
稍有曖昧之處
勢所難免
　因為風的緣故

「我」將曖昧不清的情信內容，歸咎於「風」——吹亂（潦）了長信的文字，「因為風的緣故」，令「信」變得彎曲不成文。於是，「信」寫得越長就越難看。

此詩第二節不顧姑娘能否看懂情信，便急不及待地催促對方表態，且說「此信你能否看懂並不重要」，「而我的心意／則明亮亦如你窗前的燭光」。看來兩口子早已心靈相通，只待這含羞草如何表白，如何「出醜」。曖昧的「情信」既已寄出，接下來最「重要的是」你：

趕快發怒，或者發笑
趕快從箱子裏找出我那件薄衫子

趕快對鏡梳你那又黑又柔的嫵媚
然後以整生的愛
點燃一盞燈
我是火
隨時可能熄滅
　因為風的緣故

如果「發怒」是拒絕，那麼「發笑」就是含蓄地答應了。詩人連續用了三個「趕快」句子，亟寫「我」對愛情的急切盼望，以及害怕表白之後，患得患失的煎熬。「我」最想你穿「那件薄衫子」、梳那「又黑又柔」的長髮，「然後以整生的愛／點燃一盞燈」……

將愛情比喻成一盞燈，「我」就是那燃燈的「火」。詩人運用了一個十分巧妙的比喻來掩飾「我」的不安（／勇氣）和耐性。說「我是火」，含蓄地表現了燃點愛火的勇氣；說「我是火／隨時可能熄滅」，是要催促對方趁火未熄滅（／我未死心）之前表態，同時也掩飾「我」的不安和欠耐性。「我」的愛意，「隨時可能熄滅」，這不關「我」的事，那是「因為風的緣故」；因為火（愛火）是怕風的；因為風可以輕易將火吹熄。這是此詩、此情信寫得很自然，也很巧妙的地方。

「因為風的緣故」句，在此詩首節也有它的妙用之處。

讓煙囪在天空寫信，引伸出來的「曖昧」，其實也有好處。如果表白、交心是一個「危險遊戲」，那麼「曖昧」就成了進可攻、退可守的法寶。試想想：如果「我」「請煙囪／在天空為我寫一封長長的信」向你表白，我的「醜事」給「你」知道了，並且拒絕了。這個時候，該如何替自己找下台階呢？於是，「曖昧」就成了「我」的救星。「我」大可以說：「我沒有向你表白呀！那彎彎曲曲的煙，你敢說是我的情信麼？你也太自作多情、太不自量了。」

「因為風的緣故」句，在詩中也替羞於表白的「我」立了大功。如果兩情早已相悅，對方卻責怪「我」遲遲不表態、欠誠意的話，「我」就指着天空裏「長長的信」說：「我有表白呀！你看！是你自己沒在意吧。要不，就是因為風的緣故，是風令我的意思（情信）曖昧了。」將責任推得一乾二淨。

寫〈因為風的緣故〉的洛夫已經年過半百，說此詩是詩人緬懷少年戀愛夢，不難理解；說此詩是詩人送給結婚滿二十年的妻子，則替故事增添了一份滄桑。我們從「蘆葦彎腰」、「雛菊尚未全部凋零」、「隨時可能熄滅（的燈）」諸意象，可以感受到詩人要與老伴及時把握愛、把握生命的迫切期望。「彎腰」的蘆葦喻意年老。雛菊又叫長壽菊、長命菊、延命菊……在炎熱的南方，雛菊多半活不過夏季。所以詩人要催促老伴「務必在雛菊尚未全部凋零之前／趕快發怒，或者發笑」；要好好把握生命餘下的光陰，喜怒哀樂，率性生活；要穿「薄衫子」、對鏡子梳「嫵媚」，保留一顆青春的心；要以「整生的愛」燃點餘下的日子。詩人說「我是火／隨時可能熄滅／因為風的緣故」。的確，「火」、「煙」和「風」都飄忽，這盞「夫妻燈」「隨時可能熄滅」。相愛不易，人生「曖昧」，生命無常。一首情詩，讓年屆知天命之年的老伴讀來沉重……

〈因為風的緣故〉無論是向少女表白、向老伴表白，還是向生命表白，都可以找到各自的「答案」。詩人以「曖昧」傳情，既寫少年初入情場的忐忑，也寫老夫妻一切盡在不言中的沉着。無論如何，詩人的心意都「明亮如窗前的燭光」。「曖昧」的外衣原來包含着一顆熾熱的心。

原來「曖昧」可以生出豐富的內涵，「曖昧」也是一個「戰略」，難怪一眾詩人寫情詩都愛委婉傳情。我們看看馮至怎樣寫他的表白情詩：

蛇 | 馮至

我的寂寞是一條長蛇，
冰冷地沒有言語——
姑娘，你萬一夢到它時，

千萬啊，莫要悚懼！

它是我忠誠的侶伴，
心裏害着熱烈的鄉思：
它在想着那茂密的草原，——
你頭上的，濃郁的烏絲。

它月光一般輕輕地，
從你那兒潛潛走過；
為我把你的夢境銜了來，
像一隻緋紅的花朵。

愛上一個人、思念一個人，又無從表白，且害怕表白傷害了對方，甚至把人家嚇跑……這是一種怎樣的寂寞心情呢？馮至「寂寞」時，竟然想到「蛇」。此詩開宗明義說：「我的寂寞是一條長蛇」，全詩就圍繞「蛇」這個意象展開「我」的求愛故事。詩人要以「蛇」的具體表現，來描繪「我」「寂寞」的抽象情懷。我們要破解此詩的愛情密碼並不困難，只要把握好「蛇」的種種行徑，就能把握住「我」的寂寞心情。

〈蛇〉分三節寫成。第一節交代了「我的寂寞是一條長蛇」這個比喻，「寂寞」使人「冰冷」，如「蛇」冰冷無情；「蛇」天生「無言」，「寂寞」的「我」也無語；「我」靜靜地、無言地愛上了「你」──從不敢向你表白。然而，「姑娘，你萬一夢到它時」──你知道了我的寂寞（我的愛意），請你「千萬啊，莫要悚懼！」不要因為知道了有人愛上你而害怕！「蛇」是可怕的動物，「蛇」會咬人、會纏人；「寂寞」和愛情一樣，也會傷人、纏人。情場可畏，我的「寂寞」（愛意），也像蛇一樣膽小。本節「蛇」的貼切比喻，生動、形象地將「我」的寂寞情懷表露無遺。

第二節詩人進一步透過「蛇」來盡訴「我」的「鄉思」（與普通話「相思」同音）之苦。「蛇」愛藏身「草叢」，「我」的「寂寞」也藏在「你頭上的，濃郁的烏絲」。互相對應的比喻關係，暗示「蛇」「想着」草叢，就等於「我」戀着姑娘。「烏絲」即是髮絲，這裏以「髮絲」借代「姑娘」。詩人又將「蛇」寫成「是我忠誠的侶伴」，為下一節「蛇」的「入侵」作鋪墊。

第三節具體寫「蛇」「入侵」姑娘的夢境。擬人化了的「蛇」，在這裏變成了「我」和「姑娘」的愛情使者。「蛇」如「月光」走路「輕輕」、「潛潛」，「寂寞」膽小的「我」也輕輕地、靜靜地行動起來，透露愛意。「蛇」「為我把你的夢境銜了來／像一隻緋紅的花朵」，「我」的「寂寞」也希望引起你的注意，換來你熱烈的回應。如果冰冷的「蛇」最終可以銜來熱情的「一隻緋紅的花朵」，那麼，「我」那冰冷的「寂寞」的心，最終也可以換來姑娘熱情的回音。於是，「蛇」的冰冷與「緋紅的花朵」的熱烈，「寂寞」的冰冷與「戀愛」的熱烈，構成強烈的對比，將〈蛇〉的思想內容推向高潮。

我們回顧全詩三節內容，不難發現當中層層遞進的格局。首節寫「我」對姑娘有意，卻「沒有言語」；第二節寫「我」向姑娘吐露「鄉思」（相思），向姑娘表白，開始有所行動；末節寫「我」「寂寞」（愛意）的訊息已漸漸進入了姑娘的芳心，並且祈求得到姑娘熱情的回應。由羞於表白，到步步進逼，「蛇」的意象貫穿全詩，「我」的情懷也如「蛇」的身體一樣，曲折婉轉，有始有終。

讀馮至的〈蛇〉，會讓人想起法國詩人波德萊爾寫的一首同樣以「蛇」的意象示愛的情詩，我們不妨對照來讀：

魂 ｜ 波德萊爾（法國）

就像長着野獸眼睛的天使，
我會回到與你幽會的臥室，
我會和夜的黑影為伴，
無聲無息地滑到你身邊。

我會給你——我的棕髮美人，

像月亮一樣寒冷的吻；
我會給你以蛇的愛撫，
像蛇一樣纏着墓穴匍匐。

等那鉛色的黎明剛欲萌動，
你會摸到我的位置已空，
衾席將一直冷到日暮。

讓別人憑藉一片溫存，
主宰你的生命和青春，
而我呢，我情願憑藉恐怖。

讀〈魂〉你會不寒而慄。此詩以第一人稱「我」，訴說與「你」幽會的情景。「我」是一個「長着野獸眼睛的天使」，並以「夜的黑影為伴」，晚上「像蛇一樣纏着墓穴匍匐」，「無聲無息地滑到你的身邊」，來和你幽會。「我」會給你「月亮一樣寒冷的吻」和「以蛇的愛撫」。到了黎明時分，「你會摸到我的位置已空／衾席將一直冷到日暮」，結束「我」與「你」一夜冰冷的幽會。第二天日暮之後，我又再次滑到你的身邊……

〈魂〉的謎底落在第二節，高潮也落在第二節的末句。為甚麼要挑「夜的黑影為伴」，給「你」「像月亮一樣寒冷的吻」和「給你以蛇的愛撫」？那是因為「我」要「讓別人憑藉一片溫存／主宰你的生命和青春」。而「我」呢？「我」不會學其他人一般見識，「我」要以獨特的方法，「我」要以「恐怖」來主宰「你」的生命，來攫取「你」的芳心。

原來這是一首情詩！一首示愛的情詩！

一般人示愛，都千方百計，挖空心思以「甜蜜」、「溫暖」、「美好」的事物來取悅對方。你大抵不會想到「冰冷」、「死亡」、「恐怖」吧？以「恐怖」示愛，着實讓人耳目一新，這是「陌生美」最好的示範作品。波德萊爾的〈魂〉替情詩開拓了一個「冰冷」的新境界。

男孩子表白，除了含蓄委婉，也有單刀直入，愛得轟烈的詩篇。我們看看洛夫的〈飲〉：

飲 | 洛夫

用一根蘆管從你眼中汲取，上升，上升
青脈就像一條新闢的運河

飲你滿身的光，你的神奇，以及完整
十九歲的隱笑和淺淺的羞紅
你原是一隻潔白的玉杯

我便醉了，醉於你柔柔的呵責
醉於一個至美的完成
以及一句諾言
你曾不許我告訴別人

你說要擁有一個茂密的果園
遍佈白玫瑰的御林軍，然後把我囚禁
用秀髮編成軟軟的繩子
綑我在六月的葡萄架下
這樣，我就仰臥不起，飲你的十九歲
你的眼睛使我長醉不醒……

讀洛夫的〈飲〉，可能會引起不安情緒，因為詩中的「我」，用了一個十分「殘忍」的方法來表達對「你」的愛意：「我」「用一根蘆管從你眼中汲取」，「你」眼球裏的「青脈（血管）就像一條新闢的運河」，「你」的血肉便自「青脈」沿着蘆管「上升，上升」……

此詩第一節寫「我」在吸「你」的血！不，何止吸血，第二節說：「我」要「飲你滿身的光，你的神奇，以及完整／十九歲的隱笑和淺淺的羞紅」。在「我」的眼中，「你原是一隻潔白的玉杯」，「我」要將「你」整個「飲」進肚子裏！

第三節寫「我」飲「你」飲醉了。「我」為甚麼醉了？那是因為「你柔柔的呵責」──「你」其實沒有責怪「我」，且縱容「我飲你」；那是因為「一個至美的完成」，「我」終於達到目的；那是因為「一句諾言」──愛的諾言，「你曾不許我告訴別人」。第三節寫「我」沉醉於得到了「你」的愛的諾言。

第四節寫「你」反客為主，要將「我」「囚禁」。「你」「要擁有一個茂密的果園／遍佈白玫瑰的御林軍，然後把我囚禁」，「你」要「用秀髮編成軟軟的繩子／綑我在六月的葡萄架下」，「這樣，我就仰臥不起」，從此以後，「我」就在這「葡萄架下」，「飲你的十九歲」，長醉不醒……

愛一個人往往從眼睛開始，詩人十分擅於把握十九歲的「你」的可愛形象：

「你」水汪汪的大眼睛裏，有充滿生命力的「青脈」；「你」是「一隻潔白的玉杯」，「滿身的光」是少女光潔動人的形象；「你」的「隱笑」和「羞紅」，是少女初入情場的含羞答答；「柔柔的呵責」，「不許我告訴別人」的「一句諾言」，盡顯「你」的情深與溫柔。於是「我長醉不醒」，甘願讓「你」用「秀髮編成軟軟的繩子」綑綁……

戀愛原是一場交心的攻防戰。此詩先寫「我」如何沉醉於「你」「滿身的光，你的神奇，以及完整」，「我」得到「你」「一句諾言」──「你」的芳心。接着就寫「你」如何佈防「御林軍」，要「把我囚禁」，好讓「我」「仰臥不起」，「使我長醉不醒」。「你」要綑住「我」的心。於是，「我」飲「你」，「你」綑「我」；「我」甘心被「你」綑，「你」願意被「我」飲。兩顆心就這樣，牢牢地掌握在對方的手上。

戀愛是一個殘忍的佔有遊戲。「你」是「一隻潔白的玉杯」；「你」柔情似水；「你」是一口井。令人沉醉的「眼睛」，令人興奮的「青脈」，「我」要用「蘆管從你眼中汲取」，將「你」汲乾、將「你」吞下，讓「你」的血肉融入「我」的體內。戀愛是一個綑綁遊戲。「你」要囚「我」於「一個茂密的果園」，四周遍佈「御林軍」；「你」要「用秀髮編成軟軟的繩子」將「我」綑綁，要「我」「仰臥不起」。

讀洛夫的〈飲〉，讓人想起弗洛依德。這就是愛的諾言。

3

霧

生命便航入了
另一美麗的水域

戀愛到了約會的階段，是愛情故事最甜蜜的時候。體會過表白不易，才知道約會之得來不易。

約會傻白甜

徐訏的〈見面〉就道盡了箇中的艱辛和喜悅：

見面 | 徐訏

沒有人知道：
一粒種子怎麼樣
在泥土裏醞釀，
掙扎，受盡了
磨折、苦難，

才能把綠綠的嫩芽
伸出地面。

沒有人了解：
一滴雨怎麼樣
在雲氛裏飄浮、
凝結，受盡了
顛波、苦難，
才能把透明的水點
灑到地面。

而翩翩的蝴蝶，
也是在黑暗中
蛻化、摸索、
奮鬪，經過了
挫折、苦難，
才能在溫煖的
日光下出現。

因此我也無從表白：
我的心
是經過怎麼樣的
徬徨、顫慄，
才能把我的感情

變成了笑容
來同你見面。

〈見面〉寫「我」和「你」約會見面的興奮心情，全詩分四節寫成，前面三節聲東擊西，盡寫一些與「見面」無關的事物，末節「我」抱怨無從表白與「你」見面的心情。我們回顧前文，才恍然大悟，前面三節內容，正正是「我」無從表白的心情的具體寫照。原來詩人運用了三個比喻，來具體呈現「我」的複雜心情。也就是說，只要我們把握好此詩前面三節的內容，就能把握好末節「我的心／是經過怎麼樣的／彷徨、顫慄，／才能把我的感情／變成了笑容」的心情。

此詩第一節寫「一粒種子」，「在泥土裏醞釀」；種子「掙扎，受盡了／磨折、苦難」，最終「把綠綠的嫩芽／伸出地面」。第二節寫「一滴雨」，「在雲氛裏飄浮、／凝結，受盡了／顛波、苦難」，最終變成了「透明的水點／灑到地面」。第三節寫「翩翩的蝴蝶」，「在黑暗中／蛻化、摸索、／奮鬪，經過了／挫折、苦難」，最終在「日光下」展翅高飛。其實，「我」和「一粒種子」、「一滴雨」、「翩翩的蝴蝶」一樣，同樣經歷了許多苦難，終於由「徬徨、顫慄」，「變成了笑容」來和「你」見面。

不過，我們都不曾是「一粒種子」，也不曾是「一滴雨」，更不曾是那隻「翩翩的蝴蝶」，又如何體會它們／牠們的「苦難」呢？難怪詩人一再強調「沒有人知道」、「沒有人了解」三個喻體的苦難。因此，也沒有人知道「我」的「徬徨、顫慄」。相信只有親身經歷，才能真正明白箇中的滋味。每個人的愛情故事都獨一無二。我們讀畢全詩，心中也許只留下「磨折」、「顛波」和「苦難」幾個抽象的詞語，始終無從感受詩中的「我」所經歷的獨特情懷。

徐訏的〈見面〉訴說約會見面的得來不易，余光中的〈等你，在雨中〉，卻因為「不易」而自得其樂：

等你，在雨中 | 余光中

等你，在雨中，在造虹的雨中
　蟬聲沉落，蛙聲升起
一池的紅蓮如紅焰，在雨中

你來不來都一樣，竟感覺
　每朵蓮都像你
尤其隔着黃昏，隔着這樣的細雨

永恆，剎那，剎那，永恆

　等你，在時間之外
在時間之內，等你，在刹那，在永恆

如果你的手在我的手裏，此刻
　如果你的清芬
在我的鼻孔，我會說，小情人

諾，這隻手應該採蓮，在吳宮
　這隻手應該
搖一柄桂槳，在木蘭舟中

一顆星懸在科學館的飛簷
　耳墜子一般地懸着
瑞士錶說都七點了。忽然你走來

步雨後的紅蓮，翩翩，你走來
　像一首小令
從一則愛情的典故裏你走來

從姜白石的詞裏，有韻地，你走來

〈等你，在雨中〉同樣寫約會情人。情人遲到了，「我」在雨中等「你」，非但不會焦急、不會生氣，反而譜寫出一首動人的情詩，「等你」變成了「一則愛情的典故」。

此詩分八節寫成，除了末節獨句成節外，前面七節都以余光中最擅長的「三聯句」寫成。第一節寫「等你，在雨中」，點出約會的時間：下雨天的黃昏，「蟬聲沉落，蛙聲升起」。也點出了約會的地點：「我」在「一池的紅蓮」旁等「你」；「在造虹的雨中」等「你」。「我」且有彩虹相伴、有紅蓮相隨，「等你」，一點都不枯燥。

第二、三節寫「你」遲到，「我」非但不焦急、不生氣，反而視身旁的「每朵蓮都像你」，於是「你來不來都一樣」。「我」「隔着黃昏，隔着這樣的細雨」與「你」相聚，但願此刻（「剎那」）變成「永恆」，相約已無關乎時間之內，或者時間之外。

第四、五節詩人進一步在「紅蓮」與「你」之間展開聯想，由「紅蓮」想到「採蓮」，再由「採蓮」想到「搖槳」。「你」既是一朵蓮，「你」也是「搖一柄桂槳，在木蘭舟中」的採蓮姑娘。「紅蓮」與「吳宮」典出樂府，「桂槳」典出楚辭，「我」要等的情人，就順理成章變成了一位高貴的古典美人。

第六、七、八節寫「我」由古代的「吳宮」返回「科學館」、返回現實。黃昏了，情人終於出現了。姍姍來遲的「你」，變成了「一則愛情的典故裏」的主角；你翩翩的步履，就像「一首小令」、像「姜白石的詞」，充滿韻律；「你」是腳踏紅蓮的仙子。

〈等你，在雨中〉裏，有一位步履翩翩，走起路來像「一首小令」、一闋「姜白石的詞」的小情人。此詩讀起來，何嘗不是一首節奏鏗鏘、別具韻律的情歌？我們看看這幾句：

1 「在雨中，在造虹的雨中」

2 「隔着黃昏，隔着這樣的細雨」

3 「這隻手應該採蓮，在吳宮」「這隻手應該/ 搖一柄桂槳，在木蘭舟中」

4 「蟬聲沉落，蛙聲升起」

第 1 句，從「在雨中」，到「在造虹的雨中」，是越來越豐富，越來越美化的「等你」場景，是一種喜悅的節奏。同樣，第 2、3 句，兩個「隔着」和「這隻手」，鋪陳出一短一長、反覆向前、延展，層層推進的節奏。第 4 句是對偶句，「蟬聲」與「蛙聲」、「沉落」與「升起」，結構工整，讀起來高低抑揚，琅琅上口。我們再看看以下兩節：

等你，**在雨中**，在造虹的雨中

　蟬聲沉落，蛙聲升起
一池的紅蓮如紅焰，**在雨中**

永恆，剎那，剎那，永恆
　等你，在時間之外
在時間之內，等你，在剎那，在**永恆**

上一節以「在雨中」領起，以「在雨中」收結；下一節同樣以「永恆」領起，再以「永恆」結束。首尾呼應的結構，配以錯落有致、層層推進的長短句，造成反覆回環唱詠的閱讀效果。「三聯句」三行成節，也盡顯詩人精心設計的押韻安排，例如相同字詞（同韻）結尾的有第一節的「雨中」、第三節的「永恆」、第七、八節的「走來」，有助加強反覆唱詠的閱讀效果。同節首尾句句末押韻的有「宮」和「中」。此外，跨節押韻的例子有：第一、二節第二句句末的「起」和「你」；第三、五節第二句句末的「外」和「該」。還有，第四節最後兩句句末的「芬」和「人」也押韻。有規律而又不失變化的押韻安排，配合全詩內容，讓嚴肅的遲到問題變得俏皮可愛。

此詩還大量運用了倒裝句來加強閱讀效果。例如：

1 一池的紅蓮如紅焰，在雨中 ········ 煞尾句

2 等你，在時間之外 ········ 煞尾句

3 在時間之內，等你，在剎那，在永恆 ········ 煞尾句

4 如果你的手在我的手裏，此刻 ········ 跨行句

5 這隻手應該採蓮，在吳宮 ········ 煞尾句（假跨行句）

6 這隻手應該／搖一柄桂槳，在木蘭舟中 ········ 煞尾句

7 步雨後的紅蓮，翩翩，你走來 ········ 跨行句

8 從一則愛情的典故裏你走來 ········ 煞尾句

9 從姜白石的詞裏，有韻地，你走來 ········ 煞尾句

以上都是此詩的倒裝句。我們依次將倒裝句還原之後，就是這個樣子：

1 在雨中，一池的紅蓮如紅焰

2 在時間之外等你

……　（如此類推。篇幅所限，不再示範）

所謂「煞尾句」，就是意思完整的句子，朗讀時要在句末停頓的句子。至於「跨行句」，就是意思未完，要「跨讀」下去（下一行）的句子。新詩常用「倒裝句」，目的多半是為了「接續」長句子。例如：

如果你的手在我的手裏，此刻
　如果你的清芬
在我的鼻孔，我會說，小情人

上面第一句句末的「此刻」就扮演着「接續」第二、三句的角色。「此刻」在視覺上隸屬第一句，將第一句倒裝句還原就是：「此刻如果你的手在我的手裏」。「此刻」在意義上也與後面兩行相連成句，我們將「此刻」「跨讀」下去就是這樣子：「此刻如果你的清芬在我的鼻孔，我會說，小情人」。由此可見倒裝句「此刻」的妙用，和「跨行句」的功用。

此外，第五節首句「諾，這隻手應該採蓮，在吳宮」是一句「煞尾句」，也叫「假跨行句」（句末沒有標點符號的煞尾句）。這本來是一個完整的句子，還原之後就是「諾，在吳宮這隻手應該採蓮」。由於此句「在吳宮」的倒裝安排，「在吳宮」後面又沒有標點符號，我們就以為這是一個「跨行句」。如果我們錯誤地「跨讀」下去，就成了「在吳宮／這隻手應該／搖一柄桂槳」。其實「這隻手應該」不在「吳宮」，而是「在木蘭舟中」。即還原倒裝句：「在木蘭舟中，這隻手應該搖一柄桂槳」的意思。「假跨行句」故意「擾亂」我們的視線，其實增添了詩的閱讀樂趣。

無論是「煞尾句」、「跨行句」或者「假跨行句」，詩中的倒裝句將諸如「在雨中」、「在時間之外」、「在永恆」、「此刻」、「在吳宮」、「在木蘭舟中」、「你走來」等置後，都有助「凸顯」和「強調」這類字詞在句中的意義，同時營造出一種明快、有力的閱讀節奏。

最後我們談談詩題。「等你，在雨中」，概括了等待情人的浪漫情懷。此「雨」非一般的雨，而是「造虹的雨」；是象徵愛情的雨。於是，「等你，在雨中」就變成了等的人沐浴在愛河裏。「雨中」有「紅蓮」如「你」、有「你的手」和「你的清芬」。「你」變成了吳宮裏，木蘭舟中搖槳、採蓮的姑娘。由「在雨中」到在「吳宮」中、再在「木蘭舟中」，由科學館到「瑞士錶」，〈等你，在雨中〉帶讀者穿梭於古代與現代，現實與幻想之間。

美麗的水域，安穩的旅程

沐浴在愛河裏的戀人，眼睛裏只有愛，做甚麼事都覺得甜蜜、都與愛情分不開。我們看看王良和怎樣寫他的〈和你一起划船的日子〉：

和你一起划船的日子　｜　王良和

和你一起划船的日子
生命便航入了
另一美麗的水域
雙槳悠然起落
攪動小小的漩渦
把我們的倒影
捲入槳底重疊
像所有和諧的旅程
平靜、喜悅
坐在船尾，你安然讓我揮槳
一切都不必急切，談笑間
看海鷗貼水低飛，指認
星羅棋佈的島嶼
當你向落日凝眸，欸乃輕輕
我偷看一抹酡紅的晚霞

其實我真想
讓你分享划船的喜樂
所以我耐心教你
如何控制雙槳
如何齊起齊落
你卻像學飛的水鳥遇到逆風
雙翅狼狽又凌亂
不好意思地笑說：船在打圈
那晃動的山影，一定是
八仙偷偷笑了
若是從前，我會任性地
停槳讓船漂流
設想狂風暴雨的夜晚
揚帆遠航，孤單地流浪
如今我只願
計劃安穩的旅程
負起領航的責任
彼此各執一槳
把一隻船欄剝落的小舟，逆風，逆水
划向長堤兩端八仙的水域

王良和的〈和你一起划船的日子〉主要記敘「我」和「你」約會、划船的活動。全詩表面寫「我們」一起划船的情況，詩人卻處處借題發揮，語帶雙關地在大談戀愛的甜蜜和感慨，「和你一起划船」變成了「和你一起談情說愛」。這是一首典型的敘事抒情詩。全詩並無分節，一氣呵成。我們先看開首的三句：

和你一起划船的日子
生命便航入了
另一美麗的水域

詩甫開首即記敍「我」「和你一起划船的日子」。此刻，小舟航入了一處美麗的水域。這三句也同時在敍述「我和你一起」談戀愛的日子，我們的生命（人生）從此進入了另一個美麗的階段（美麗的水域）。詩人實在是以「划船」比喻「談戀愛」，全詩就透過這些一語雙關的詩句，貫徹這個比喻。因此，我們只要依照這個方法讀餘下的內容，就很容易發掘出此詩一語雙關詩句背後包含的兩層意思：

雙槳悠然起落
攪動小小的漩渦
把我們的倒影
捲入槳底重疊

這幾句主要寫划船。不過，「把我們的倒影／捲入槳底重疊」，讓我們想到「我們重疊在一起」，兩個人一條心，一起戀愛、一起經歷人生的意思。

像所有和諧的旅程
平靜、喜悅
坐在船尾，你安然讓我揮槳
一切都不必急切，談笑間
看海鷗貼水低飛，指認
星羅棋佈的島嶼
當你向落日凝眸，欸乃輕輕
我偷看一抹酡紅的晚霞

這裏記敘兩人划船的旅程和沿途風光，也暗喻戀愛的「旅程」和「風光」。初戀都是「和諧的旅程」，都「平靜、喜悅」，「都不必急切」。好容易日落西天，此刻，「當你向落日凝眸」，我也在看「晚霞」的風光——「偷看」你臉上「一抹酡紅」。

其實我真想
讓你分享划船的喜樂
所以我耐心教你

如何控制雙槳
如何齊起齊落
你卻像學飛的水鳥遇到逆風
雙翅狼狽又凌亂
不好意思地笑說：船在打圈

以上幾句表面上寫「分享划船的喜樂」，暗地裏交代了「我」希望和「你」一起「划船」，希望和「你」一起乘風破浪、經歷人生的意思。我們再往下讀：

那晃動的山影，一定是
八仙偷偷笑了
若是從前，我會任性地
停槳讓船漂流
設想狂風暴雨的夜晚
揚帆遠航，孤單地流浪
如今我只願
計劃安穩的旅程
負起領航的責任
彼此各執一槳
把一隻船欄剝落的小舟，逆風，逆水
划向長堤兩端八仙的水域

詩寫到將近尾聲，詩人借題發揮，抒發對愛情的憧憬就更加明顯。將「船在打圈」激起浪花，「晃動（水面上）的山影」，比喻成「八仙偷偷笑」，笑彎了身體。詩人如實記敍了八仙嶺下，我倆在波濤起伏的海上「打圈」的情況。「我」於是想起從前自己的「任性」，任由生命「漂流」，不理會「狂風暴雨」，且愛「孤單地流浪」。不過，「如今我只願／計劃安穩的旅程」，負起做男伴／丈夫的責任，願我倆「彼此各執一槳」，一起面對「逆風，逆水」的生活，讓小舟「划向長堤兩端八仙的水域」，讓生活邁向美好的將來。

你是霧，我是酒館

相對於王良和的「一心二用」，胡燕青談戀愛就「專心」得多。我們讀讀她的〈擁抱你的時候〉：

擁抱你的時候 ｜ 胡燕青

擁抱你的時候，我希望自己是
一網迷迷的早霧
溫暖的和風中

在你的衣上、髮上、垂睫上止息

然後，像溶入泥土一樣
溶入你的肌膚裏
像沒入晚霞那般
沒入你柔輭的體溫

然而我的清醒卻貪婪地流繞着
讓你那魚般的十指
在我髮間泅泳

我聽見
自己的呼吸
親近裏低低回響自
你溫暖的肩膀。
羞怯而喜悅，我竟是那
初次推門的少女
猶未習慣初曉的橙色。

胡燕青的〈擁抱你的時候〉直接抒寫與戀人互相擁抱的浪漫情懷。此詩分四節寫成，內容簡單、直接。將熱戀中的少女，全情投入與戀人擁抱，那種羞怯和喜悅的情懷刻畫得淋漓盡致。

第一節寫「我」「擁抱你的時候」，希望將自己化作「一網迷迷的早霧」，然後「止息」在戀人的「衣上、髮上、垂睫上」。我們知道「霧」有無孔不入的特性，「霧化」了的「我」，就可以無孔不入地包圍「你」、「擁抱你」。戀愛是貪婪的。

第二節續寫無孔不入的「霧」：無孔不入的「我」，「像溶入泥土一樣／溶入你的肌膚裏」，又像「沒入晚霞那般／沒入你柔輭的體溫」。「煙霧」遇熱會氣化消失；「我」遇到你「柔輭的體溫」也氣化了、消失了。不，「我」並未消失，「我」是與「你」融為一體！

第三、四節寫「我」從擁抱的「迷霧中」意識到自己的貪婪：「我」肆意地「讓你那魚般的十指／在我髮間泅泳」；「我」「聽見／自己的呼吸」，自「你溫暖的肩膀」回響。在「羞怯而喜悅」之間，「我」仍未習慣這種戀愛關係，未習慣生活從此掀開了新的一頁，就像「初次推門的少女」，未習慣看見初升的旭日，那刺眼的橙色一樣。

此詩先寫「擁抱」的意亂情迷，「我」由「早霧」到「晚霞」；由「在你的衣上、髮上、垂睫上止息」，到「溶入你的肌膚裏」、「沒入你柔輭的體溫」。貪婪的「擁抱」，使「我」迷失了自我。詩的後半部分，「我」在「初曉」裏回復清醒，詩也比較「寫實」，「我」「貪婪地流繞着」，「我聽見／自己的呼吸」聲。「我」因為自己的貪婪而「羞怯」。全詩由「早霧」到「晚霞」，再到「初曉」，「擁抱」隨時光流轉；「擁抱」在浪漫與現實之間穿梭。

同樣是「擁抱」，夏宇卻給我們帶來不一樣的感受：

擁抱 | 夏宇

風是黑暗
門縫是睡
冷淡和懂是雨

突然是看見
混淆叫做房間
漏像海岸線
身體是流沙詩是冰塊
貓輕微但水鳥是時間

裙的海灘
虛線的火燄
寓言消滅括弧深陷

斑點的感官感官

你是霧

我是酒館

如果胡燕青的〈擁抱〉穿梭於浪漫與現實之間，那麼，夏宇的〈擁抱〉則純然是浪漫的、不羈的，是意亂的、是情迷的。

此詩前面三節語意混亂的詩句，正正是戀人「擁抱」時意亂情迷的具體寫照。詩人在最後一節交代了這種情況的緣由：那是因為「擁抱」的時候，「你是霧」，把「我」重重包圍，使「我」迷失；「我是酒館」，要把「你」灌醉。「我」既迷失，「你」又醉了，所以對身邊事物的感知，就只能靠「斑點的感官」；於是，詩中所見的事物，都是「感官的斑點」。

讓我們嘗試透過「斑點的感官」，「還原」詩人筆下「擁抱」的實況和情懷：

第一節寫「風是黑暗／門縫是睡／冷淡和懂是雨」，主要交代「擁抱」的環境：黑夜裏有風，門縫後面有睡着的人們。此刻，窗外有雨，細雨下感知（懂）冷淡的夜。第二、三節有「身體」、有「裙」、有「火燄」，主要刻畫「擁抱」的情況。「火燄」的擁抱，使人意亂情迷、天旋地轉，頓覺「房間」在「混淆」。觸摸的「身體是流沙」——沿着對方身體彎曲的「海岸線」一直「漏」下去，冰冷的身體（冰塊），輕輕的（如貓）如詩一般的融化、溫暖。忙於擁抱的雙手，如水鳥把握捕食的季節（時間）。「擁抱」讓裙襬掀起如海岸彎曲、起伏的波瀾，然後落入美麗「寓言」（情話）的深淵……

夏宇着實將戀人擁抱時意亂情迷的情況刻畫得淋漓盡致，令人神往。

原來擁抱可以令人產生「斑點的感官」；戀愛使人意亂情迷。林煥彰的〈一九七零年的無心論〉可能概括了戀人「迷失」的原因：

一九七零年的無心論

——柏拉圖說：戀愛是一種嚴重的精神病。 | 林煥彰

兩個人
一顆心
不是你帶走，就是
我

所以，兩個人經常
有一個
無心

此詩寫兩個人談戀愛的時候，一起擁有着「一顆心」。詩人進一步解釋這「一顆心」的具體運作情況：這「一顆心」，「不是你帶走」了，「就是／我」帶走了。換言之，正如第二節所云，兩個人談戀愛，就經常「有一個／無心」。

「無心」是因為如「柏拉圖說：戀愛是一種嚴重的精神病」，「你」、「我」被愛情迷惑，於是迷失了自我，心神恍惚，要「依附」戀人而生活。愛情是浪漫的，愛情是瘋癲的。

「無心」其實是對愛侶忠心的表現。愛一個人，不是為了擁有，而是奉獻，將自己的心毫無保留地交給對方。愛情是無私的。

「無心」也可能因為貪婪。愛一個人：愛你的眼睛、愛你的肌膚、愛你的血肉、愛你的心。戀愛是一場殘忍的佔有遊戲，「不是你帶走」我，「就是／我」帶走你。愛情是自私的。

4 皺

愛情淋濕了，

又風乾了

柏拉圖說：戀愛是一種嚴重的精神病。也有人說：「生活是一首歌，唱盡了人生的酸甜苦辣。」我們也可以說，愛情是一首詩，情詩道盡了戀愛的酸甜苦辣。

思念是一種病

談情說愛，原來不易，輕則失眠。讓我們讀讀聞一多的〈紅豆〉：

紅豆 （節錄） —— 聞一多

比方有一屑月光，
偷來匍匐在你枕上，
刺着你的倦眼，

擦得你鎮夜不着，
你討厭他不？
那麼這樣便是相思了？

相思是不作聲的蚊子，
偷偷地咬了一口，
陡然痛了一下，
以後便是一陣底奇癢。

聞一多的〈紅豆〉顧名思義寫「相思」。不過，詩人沒有着墨於「紅豆」，卻跑去寫「月光」、寫「蚊子」。此詩運用了兩個比喻，將相思的情懷具體呈現給讀者。

第一節以「月光」暗喻「相思」。那麼，「月光」有甚麼特性與「相思」類似呢？「月光」行動緩慢，喜歡在晚上「偷來匍匐」；「相思」的情緒，也愛在夜深人靜的晚上，在你靠枕要睡的時候偷偷湧現。「月光」刺眼難眠；「相思」的情緒也「刺着你的倦眼／擦得你鎮夜不着」。「屑」指細碎的、微小的東西，「一屑月光」，就是「一小片」月光的意思，足以擾人清夢；「相思」可以源自與戀人有關的任何細小的事物和片段，也足以「擦得你鎮夜不着」。

第二節詩人改以「蚊子」喻「相思」。那麼，「蚊子」

與「相思」有甚麼相似的地方呢？「蚊子」咬痛人，讓人「奇癢」；「相思」也會「咬」痛人、傷害人，也會令人心裏「奇癢」。

此詩將抽象的「相思」情感，透過可觸可感的「月光」和「蚊子」，具體、形象化地呈現給讀者，可謂生動活潑。「蚊子」之喻十分獨特、有趣。「月光」之喻靈感相信來自相思的失眠夜，一個人徹夜獨對明月（或者一屑月光），就更加「撩得你鎮夜不着」。「月光」本來與「相思」無關，落到失戀人的眼中，往往成了情感投射的對象，冰心的〈相思〉，同樣有月光相伴：

相思 | 冰心

躲開相思，
披上裘兒
走出燈明人靜的屋子。

小徑裏明月相窺，
枯枝——
在雪地上
又縱橫的寫遍了相思。

冰心的〈相思〉分兩節寫成，第一節記敍「躲開相思」，第二節抒發無法擺脫相思的情懷。

此詩第一節簡單記敍了「我」為了「躲開相思」，於是「披上裘兒／走出燈明人靜的屋子」。

第二節寫「我」走出屋子之後所見所想。「我」走到小徑裏，此時月色正明亮，照見了樹叢上的枯枝，條條枯枝投影在雪地上。原來這是一個冬天的夜晚。本節表面上以記敍為文，實質句句在抒情。

第二節寫「我」「走出燈明人靜的屋子」，來到「小徑裏」，卻有「明月相窺」。冰心的〈相思〉同樣有月光，不過，今回可不是一個討厭的角色。擬人化了的「明月」原來是「月老」！月老主管人間姻緣事，如今有人害相思之苦，明月來相伴、「相窺」，就盡顯「月老」關懷、愛護的形象。「明月相窺枯枝」，更加形象化地交代了「我」正正就是情路上那「枯枝」！

不過，我們繼續讀下去，就發覺這「月老」卻是好心做壞事。好心來「相窺」「我」的明月，不知道自己也在照射枯枝，並且將枯枝投影在雪地上。於是，雪地上枯枝的影子，在「我」看來，就變成了在地上縱橫交錯「寫遍了相思」！原以為出門可以躲開相思，如今卻又「觸景傷情」、「顧影自憐」，看見（自己如枯枝）到處都寫滿了「相思」。「相思」真箇揮之不去！

此詩第二節是緣情寫景、情景交融的典型例子。詩人將「我」的相思情緒，投射到所見、所觸的事物上。「明月」本無情，卻因「我」的相思而變成了「月老」；「枯枝」就是「我」；將枯枝的「投影」，變成「相思」的文字；冬天變成了相思的季節。

情海翻波

其實，談戀愛又何止害相思之苦？最可怕是由相戀到失戀，讓我們讀讀這一首：

我看見他 ｜ 鍾玲玲

我看見他
從房間
跑了出來
我看見他的長髮
依舊是

輕輕的靠着
他右邊的眉毛
我看見他白色的襯衫
和米黃色的長褲
我看見他站立在
我們面前
我看見他的臉
正向着你
微笑
我看見他走了
我看見他的眼睛
也不曾
看見過我
我看見你
好像想
跟我說話
我就把我的頭移開
同時我也知道
在甚麼地方的一條河裏
正弄翻了一艘
破船

鍾玲玲的〈我看見他〉是一首敍事詩，此詩文如其名，記敍「我看見他」一連串的行為動作，以抒發情變的哀痛。

此詩並無分節。詩甫開首就詳細記敍了「我看見他／從房間／跑了出來」的一舉一動，「他」的「長髮」、「白色的襯衫」和「米黃色的長褲」依舊。熟悉的面孔和打扮，一切都和從前一樣，沒有改變。

不過，我們讀下去就發覺：「我看見他的臉／正向着你／微笑」。此時多了一個「你」，情況起了變化。「我」續「看見他走了／我看見他的眼睛／也不曾／看見過我」。然後，「我看見你／好像想／跟我說話」。「你」似要向「我」解釋甚麼，「我就把我的頭移開」，不願去聽。

詩文到了最後，作者安排了一個戲劇性的結局：「我」知道「在甚麼地方的一條河裏／正弄翻了一艘／破船」。似是對前文「我」和「他」和「你」之間發生的故事作「解釋」。

此詩透過寫「我看見他」的前後變化，以及「我看見他」和「你」一起走了，交代「我」的愛情已幻滅。「我看見他」走了；「我」看見愛情走了。詩人在文末借弄翻「一艘船」來比喻「我」和「他」的故事結局，好容易就讓人想起「情海翻波」的意思。「破船」更預示了「我」和「他」的關係本來並不穩固，遇上風浪，就沒有不翻的理由。此詩前文大篇幅鋪寫「我看見他」的種種行徑，除了有助凸顯「我」對「他」的着意和愛戀，也在替戲劇性的結局作鋪墊。前文篇幅寫得越長、越細緻，就越是加強了詩末「弄」翻船的力量。此詩前文長篇鋪寫，與詩末「四兩撥千斤」的結局形成強烈的對比，加強了敍事詩的戲劇效果。

到底「我」和「他」和「你」是甚麼關係呢？詩人始終沒有清楚交代。此詩寫「我」與「他」本是情侶，如今有人移情別戀，於是情海（河）翻船。或者寫「我」在暗戀「他」，而「他」卻與「你」要好，「我」自覺情已逝。或者寫「你」知道「我」喜歡「他」，「你」本對「他」無意，卻無可奈何，且無意間傷害了「我」……諸如此類。惟「我」的愛情已逝，卻是實實在在的。

鍾玲玲以「弄翻了一艘破船」暗喻愛情不再，王宗仁的〈鑰匙與門〉則以新奇的比喻寫「分手」的痛苦：

鑰匙與門 | 王宗仁

起床後，卻再也沒有勇氣打開門了；因為害怕在那邊等着的，仍是同樣的生活……

一句「再見」，一個轉身，瞬間就讓薄薄的面子，成就了牢不可破的厚重的門；而我一直在妳離開生命視線之前，始終無法脫口而出那把開門的鑰匙：「抱歉……」

一個吻被鎖在門後，兩個擁抱被鎖在門後，三個安慰被鎖在門後，四個淺淺的笑被鎖在門後……無數個昨天被鎖在門後，而我卻被沾濕了雙手，始終打不開門。原來鑰匙孔為了無法堅定誓言的我，忍不住，忍不住流下了淚來。

〈鑰匙與門〉是一首散文詩，此詩分三節以「散文」示人，三節「跳躍」的內容凸顯了詩的本質。

第一節記敍「我」起床後「沒有勇氣打開門」，「因為害怕在那邊等着的，仍是同樣的生活……」。到底是甚麼生活「等在門後」呢？我們看第二節。

第二節作者卻「跳」去寫「門」而非「生活」。詩人說「薄薄的面子，成就了牢不可破的厚重的門」。原來這不是一般的「門」，而是由「面子」築成的「門」，這是一個奇特的比喻。獨特的「門」需要非一般的「鑰匙」，那其實是一句簡單的說話：「抱歉……」。這是本節另一個比喻。

第二節借「鑰匙與門」之喻，點明此詩的題旨。我們整理一下兩個比喻的內涵，就得出一個戀人鬧分手的故事：某天有人向「我」說了「一句再見」，然後「一個轉身」走了。「我」本來可以說聲「抱歉……」，以挽留這段感情，但「我」沒有這樣做，那是因為「我」要「面子」。「面子」彷彿是一扇「厚重的門」，從此隔開了我們。而「抱歉……」這把可以開門的「鑰匙」，「我」「始終無法脫口而出」。「厚重的門」——厚重的面子，遇不着開門的「鑰匙」——「抱歉……」，分手是註定的了。

此詩第三節「跳」回來，回應第一節沒有交代完的「同樣的生活」。因為「我」「再也沒有勇氣打開門」（沒有勇氣說「抱歉……」），就天天將自己困在「門內」。想起「吻」和「擁抱」和「安慰」和「淺淺的笑」，連同「無數個昨天」相愛的時光，都一一被關在「門後」，一切都成為追憶。分手的日子天天都這樣過、不好過。「鑰匙孔」盼不到「鑰匙」來開門，也「忍不住，忍不住流下了淚來」，並且「沾濕了（我）雙手」。詩末作者借「鑰匙孔」流淚，間接交代「我」天天以淚洗臉的「同樣生活」實況，將失戀的悲痛推至高潮。

王宗仁的〈鑰匙與門〉取材自十分普遍的「分手場景」，詩人卻能以新穎的手法翻出新意。此詩運用了連串奇特的比喻，靈感相信也來自平凡的失戀故事：想像一個失戀的人，每天起床、開門、外出，將如何面對生活？用怎樣的「鑰匙」去打開未來的「生活之門」？順着這個老生常談的比喻，再「發展」出「面子之門」，以至開門的「鑰匙」；再由「鑰匙」聯想到會流淚的「鑰匙孔」。詩人借物抒情，可謂信手拈來。

告別戀愛的冬天，繼續行走……

一句說話，一個動作，可以摧毀一段感情，也可以挽救一段感情，足見愛情之脆弱。〈鑰匙與門〉寫關自己在門內的失戀生活。李國威的〈冬〉卻要跑出去治療失戀的創傷：

冬　|　李國威

那些屋子樹葉走路的夜晚
淡淡的月光溶出冬天
沉默中　與往昔握手
溫柔像一盞街燈　輕輕亮在心上

就是你的名字　繞過夜車

撲向二十四小時的咖啡店
坐下　喚了一杯茶　以為你還在對座
便想微笑　便想說話

冬天仍在窗外
灰濛濛的火車站　停駐着
雲的過去和現在

城市睡熟後
我將步回陽光顫動的廂卡去
那當是別個季節
那當是大地變現你音容的時候

〈冬〉分四節寫成。首節第一、二句，由「房子樹葉走路的夜晚」，到「月光溶出冬天」，交代冬天來臨。第三句「與往昔握手」，回應「冬天」，即「與冬天握手」，亦暗示歲月變遷，所以「與往昔握手」道別。第四句「溫柔像一盞街燈」「亮在心上」，交代在寒冬裏，有一盞溫柔的燈，暖在心上。作者在此沒有交代這無端出現的「溫柔」和「亮在心上」的緣由。

第二節首句又無端冒出一句「就是你的名字　繞過夜車……」。我們不能將「就是你的名字　繞過夜車」一句，理解為（就是）「你的名字繞過夜車」，且也解不通。此句中間留一個空格，實在是將「你的名字」，和後文（我）的連串動作分隔開來。於是，第二節就變成：「就是（因為）你的名字」，教（我）「繞過夜車」，「撲向二十四小時的咖啡店」，「坐下」並「喚了一杯茶」。然後，（我）「以為你還在對座」，（我）「便想微笑」，（我）「便想說話」。

既然第二節集中寫「我」想「你」。那麼，首節無端出現的「溫柔像一盞街燈　輕輕亮在心上」，就一下子豁然開朗——冬夜裏，想起「你的名字」、想念你的「溫柔像一盞街燈　輕輕亮在心上」，就教我撲向二十四小時開放的咖啡店，坐下來想像「你還在對座」。

原來〈冬〉有兩層意義，失戀才是真正的冬天，難怪首節「我」要「沉默中　與往昔握手」，告別歲月，也告別從前的戀人。冬天最容易想起溫暖；失戀最容易想起戀愛的甜蜜。於是，「溫柔像一盞街燈　輕輕亮在心上」，「我」在冬夜裏便想起從前的「溫柔」、便想重溫：「我」撲向二十四小時開放的咖啡店，如今獨對空座，卻仍「以為你還在對座」，（我）「便想微笑」，（我）「便想說話」……極盡纏綿、哀怨。

第三節寫「冬」天「停駐着」萬物。跨行句「灰濛濛的火車站　停駐着／雲的過去和現在」，分拆開來理解，就是這樣子：（冬天窗外）「停駐着灰濛濛的火車站」、「停駐着雲的過去和現在」。「雲」變幻莫測，「雲的過去和現在」暗指從前和現在變幻的事物（戀愛變幻），現在都給「冬」凝固了。而「冬」天（失戀）過後，「我」將乘車離去。

第四節寫冬去春來，黑暗（睡熟）過後，「我將步回陽光顫動的廂卡去」迎接新生活。「我」清楚知道愛情不再，唯有坦然面對「大地變現你音容」的「別個季節」。這可謂情景交融，物我難分。

〈冬〉起承轉合，結構嚴謹；行文節奏，徐疾有致。第一節以「屋子樹葉走路的夜晚」領起，交代「冬」的來臨，點出失戀的季節。凜冽寒風吹得「屋子樹葉走路」，與後文的「淡淡」、「沉默」、「溫柔」和「輕輕」，一動一靜，形成強烈對比。這是失戀打擊與哀傷無助的具體寫照。

第二節承接首節「溫柔像一盞街燈　輕輕亮在心上」，一口氣交代「我」的連串動作。「我」幻想與「你」重溫舊夢。詩人在這裏故意省去標點符號，並安排了一個空格，然後交代「我」連串急速的動作。第二節急速的行文節奏，將重溫舊夢、情急到了連「我」都容不下的心情寫得深刻動人。

第三節寫「冬天仍在窗外」，「我」的興奮心情也急轉直下。幻想歸幻想，「我」始終要面對失戀的現實。幻想過後，一切仍舊「停駐着」。此節行文節奏彷彿也給「停駐着」。

第四節寫「我」收拾心情，坦然面對將來。全詩「收合」的節奏也是平靜的、理性的。

李國威的〈冬〉寫失戀「出走」，並以「幻想」療傷，然後「步回陽光顫動的廂卡去」，坐車離開，坦然面對新生活。另一邊廂的呂永佳失戀時也坐車，我們讀讀他的〈而我們行走〉：

而我們行走（節錄）｜呂永佳

彷彿忘記了心中某種節奏
如何平均地在時間裏攤分呼吸
像車廂裏的窗子般工整有序
幻見流動燈火和人煙
是我在夜裏走，店鋪的門在夜裏走
沒有駐足，匆匆地遺下一些甜
和酸。報攤上疊好的報紙
日子包着日子，故事套着故事
被迅速忘記，如隨意剪掉指甲
遺留在路邊，不用拾回
深夜裏拿着手提電話，看了又看
陌生的數字，串起城市的夜晚
有時，我擅自闖進脫軌的公車
寂寞拉着半透明的長方形盒子
彷彿你拉着我的手，在黑暗裏徐行

這一刻
我們便相愛

不管怎樣用力也關不了窗。它是死的
像一幅沉厚的石屎牆，有灰
窗子不是你的，也不是我的
彷彿註定要這樣開着，為了讓
微雨靜靜闖進車廂裏
因為間歇的風，我感到時冷時熱
有人在公路哼着歌
有人坐在行人路上吸煙
高樓大廈的燈逐一熄滅
行人電梯自動停下來
有人躺在上面便沉睡
我可以和他們一起等待天亮
無意識地抓着了一些雨粉
在我的手裏蒸發為夜晚的溫度
也不是我的

多年以前我便應該知道，那是最後的相見
你的眼睛首先消失，頭髮、鼻子、耳朵……
然後是我自己的。
車廂最前的那位大叔
或許在多年以後

我髮線退後，頸部有一道疤痕
飯桌的一角破了，如人的關係
在帳單裏發現自己的名字
像碰見一個老相識。然後把帳單撕掉
丟到廢紙箱裏，那裏有爛了的蘋果芯子
和新春過後，剛剛撕下來的
揮春。

……

呂永佳的〈而我們行走〉同樣寫失戀之痛。此詩寫「我」在夜裏行走，在公車上行走，以抒發對逝去的愛情的惋惜和無奈。「我」漫無目的地行走，沿途所見之物都是有情物，是觸景傷情，也是融情入景。詩人十分擅於將「我」的煩亂、失落情緒，「嵌入」車中行走所見的事物之中，全詩信手拈來，盡是情感寄託之處。我們看看開篇這幾句：

彷彿忘記了心中某種節奏
如何平均地在時間裏攤分呼吸
像車廂裏的窗子般工整有序

詩甫開首，就交代「我」紊亂的心情、紊亂的呼吸（生活）節奏。這與「車廂裏的窗子」「工整有序」形成對比。是因為失戀使人情緒波動，呼吸緊張，不知「如何平均地在時間裏攤分呼吸」，像此刻，漫無目的地坐車行走。煩亂的心情、盲目地行走，碰上工整有序的車廂窗子，詩人信手拈來，展開他的抒情旅程……

幻見流動燈火和人煙
是我在夜裏走，店鋪的門在夜裏走
沒有駐足，匆匆地遺下一些甜
和酸。報攤上疊好的報紙
日子包着日子，故事套着故事
被迅速忘記，如隨意剪掉指甲
遺留在路邊，不用拾回

「我」在車上行走，因為「紊亂」便「幻見流動燈火和人煙」；看見「我在夜裏行走／店鋪的門在夜裏走」；看見「行走」「沒有駐足」，「匆匆地遺下一些甜／和酸」，像拋下一段感情，有甜有酸；看見凌晨時分，那些「日子包着日子，故事套着故事」，「報攤上疊好的報紙」，將和逝去的愛情故事一樣，「被迅速忘記」。所有的愛情故事，也「如隨意剪掉指甲／遺留在路邊，不用拾回」。失戀驅使「我」繼續行走：

深夜裏拿着手提電話，看了又看
陌生的數字，串起城市的夜晚
有時，我擅自闖進脫軌的公車
寂寞拉着半透明的長方形盒子
彷彿你拉着我的手，在黑暗裏徐行
這一刻
我們便相愛

「我」始終沒法忘懷相愛的甜蜜，「深夜裏拿着手提電話，看了又看」，卻沒有撥打電話。鍵盤上「陌生的數字，串起（陪「我」度過）城市的夜晚」。「我」甚至偷偷「擅自闖進脫軌（休班）的公車」。一個人獨對「半透明的長方形盒子」，就想起和「你」相愛的溫馨。而此刻，外面正在下雨，詩人繼續發揮信手拈來的抒情本色：

不管怎樣用力也關不了窗。它是死的
像一幅沉厚的石屎牆，有灰
窗子不是你的，也不是我的
彷彿註定要這樣開着，為了讓
微雨靜靜闖進車廂裏
因為間歇的風，我感到時冷時熱

窗子遮擋風雨，如今卻「像一幅沉厚的石屎牆」。「窗子不是你的，也不是我的／彷彿註定要這樣開着，為了讓／微雨靜靜闖進車廂裏」，這裏一語雙關，暗示我們的愛情故事「註定」有風雨「闖進」，窗子沒法關上，「不是你的，也不是我的」責任。於是，「我感到（愛情）時冷時熱」。以下是人生路上、「行走」途中，對抗時冷時熱、風風雨雨的人生百態：

有人在公路哼着歌
有人坐在行人路上吸煙
高樓大廈的燈逐一熄滅
行人電梯自動停下來
有人躺在上面便沉睡
我可以和他們一起等待天亮
無意識地抓着了一些雨粉
在我的手裏蒸發為夜晚的溫度
也不是我的

詩人繼續發揮一語雙關的抒情本色，「無意識地抓着了一些雨粉」，「蒸發為夜晚的溫度／也不是我的」，「我」將與冰冷的風雨同路（同溫度），「我可以和他們一起等待天亮」，黑夜（失戀）過後，希望在明天。我們繼續讀下去：

多年以前我便應該知道，那是最後的相見
你的眼睛首先消失，頭髮、鼻子、耳朵……
然後是我自己的。
車廂最前的那位大叔
或許在多年以後
我髮線退後，頸部有一道疤痕
飯桌的一角破了，如人的關係
在帳單裏發現自己的名字
像碰見一個老相識。然後把帳單撕掉
丟到廢紙箱裏，那裏有爛了的蘋果芯子
和新春過後，剛剛撕下來的
揮春。

全詩至此才直接交代失戀的主題和緣由。這一節以敘述為主，卻也不忘借景抒情。「我」回顧「多年以前」的相聚，才醒覺那是「最後的相見」。自此以後，戀愛便漸漸消失：「你的眼睛首先消失，頭髮、鼻子、耳朵……／然後是我自己的」。此刻，抬頭看見「車廂最前的那位大叔」，想到「多年以後」的「我」，是否還記得「多年以前」的「我」，記得「多年以前」的愛呢？或許「我髮線退後，頸部有一道疤痕／飯桌的一角破了，如人的關係」，變得不近人情、不可理喻、不認「帳」——「把帳單撕掉／丟到廢紙箱裏，那裏有爛了的蘋果芯子／和新春過後，剛剛撕下來的／揮春」——自暴自棄。「我」是一個沒人要的「爛蘋果」，對生活再沒期望（揮春）。

呂永佳的〈而我們行走〉是一首得獎詩，評判之一的崑南先生對這首冠軍之作有過一針見血的評語：「語言節奏流水行雲，景貼景的跳躍得令人沉醉」（引自《香港文學展顏》）。在「流水行雲」，無跡可尋的情況下，我們試着窺探一鱗半爪：

	景	情（既觸景傷情，也融情入景）
1	工整有序的窗子	彷彿忘記了心中某種節奏／如何平均地在時間裏攤分呼吸
2	流動燈火和人煙	是我在夜裏走，店鋪的門在夜裏走／沒有駐足，匆匆地遺下一些甜／和酸
3	報攤	日子包着日子，故事套着故事／被迅速忘記，如隨意剪掉指甲／遺留在路邊，不用拾回
4	手提電話	陌生的數字，串起城市的夜晚

5	脱軌的公車	寂寞拉着半透明的長方形盒子
6	關不了的窗子	彷彿註定要這樣開着，為了讓/ 微雨靜靜闖進車廂裏
7	微雨、間歇的風	因為間歇的風，我感到時冷時熱
8	公路、行人路上、高樓大廈的燈、行人電梯	我可以和他們一起等待天亮
9	雨粉	在我的手裏蒸發為夜晚的溫度/ 也不是我的
10	車廂最前的那位大叔	或許在多年以後/ 我髮線退後，頸部有一道疤痕/ 飯桌的一角破了，如人的關係……

上表左邊是「景貼景的跳躍」軌跡，右邊或觸景傷情，或融情入景。「我」的情緒就隨着左邊的「景」的跳躍、變換而起伏、變化，從而構成「都市行走」、「失戀行走」的獨特行文節奏。呂永佳在分享此詩的創作意圖時說過：「我希望

營造一種特別的音樂感，希望在這種音樂感裏找到生命裏比較獨特的聲音」（引自《而我們行走》後記）。透過這種「景貼景的跳躍」節奏，再配以不同組合的「a，b」句式，成雙成對地排列出「特別的音樂感」，例如：

句式	詩句	句子排列方式
a b	彷彿忘記了心中某種節奏 如何平均地在時間裏攤分呼吸	兩行：字數相近 上下：配對排列
a b	像車廂裏的窗子般工整有序 幻見流動燈火和人煙	兩行：字數相近 上下：配對排列
a b	是我在夜裏走，店鋪的門在夜裏走	獨行：句式相近， 前後配對排列
a b	日子包着日子，故事套着故事	獨行：句式相近， 前後配對排列
a b	陌生的數字，串起城市的夜晚	獨行：比擬句子， 前後配對排列
a b	寂寞拉着半透明的長方形盒子 彷彿你拉着我的手，在黑暗裏徐行	兩行：內容相似， 字數相近 上下：配對排列

a	這一刻	兩行：回應前面兩行內容（因果關係）與前兩行配成「兩長兩短」句
b	我們便相愛	

呂永佳的〈而我們行走〉教我們失戀仍要「繼續行走」。

愛情懺悔書

與此同時，我想起鍾偉民的〈蝴蝶結〉。詩人寫死亡、寫逝去的愛情、寫無法挽回的遺憾：

蝴蝶結 | 鍾偉民

對於死去的人，我總感到
他們是到了一處很靜很黑的渡頭
水紋不動一動，便朝上下八方航去
只留下送別的人，如野鶴埋首水月
啄起月瓣和自己的淚花

但在舟中的遊子眼裏，他會
看到搭渡先辭的父，岸上的子
水畔濯衣的妊娠婦，抑或
輕垂如髮的黑霧上，兩盞
因淚水而倏然一亮的小橘燈

而霧起了，送別的人沒回頭
卻反朝更黑的渡頭逼近
我踮着腳跟，在人羣中回顧
「你是不會來了，頤，我知道
你是不會來了……」

可是我翹首踮足，卻驚瞰
人羣隱隱，像濕冷的鶴喙上
一長串前蠕的毛蟲，滿馱美夢

直到野鶴低頭，我被莫名擠到水中
那時黑霧必將四散如繭
如果你來了，我所失去的
且把淒美而不可解的笑容如落葉飄下
在水中月上把我承載
頤，我一定會看到盪漾的同心圓
看到繭絲編成的纜索，在你髮上
柔柔縛着美麗的蝴蝶

在那生生死死夢夢醒醒的夜晚
月迷津渡，我再不會
解下那蝴蝶結走了……

鍾偉民的〈蝴蝶結〉分六節寫成。此詩寫死亡和愛情。當一個人孤身走到了生命的盡頭，在「渡頭」回望送別的人，最想見到甚麼人？一生的愛竟成了一生的遺憾……

此詩第一節幻想人們步向死亡的情景。詩人十分擅於把握一般人對「陰間」的理解，致力刻畫出一個陰陽交界的送別現場——一個黑暗、濕冷、幽靜和神秘的地方：「他們是到了一處很靜很黑的渡頭／水紋不動一動，便朝上下八方航去」，要死的人都離開了，遺下滿臉淚痕來送別的親友。正當離世的人朝「上下八方」航去的時候，送別的人眼中「上下八方」都是淚水，兩個畫面重疊在一起，讓眼前的一切，疑幻疑真，模糊不清，生離死別，詭異如夢幻。詩人續將送別的人「埋首自己的淚水」中，比喻成「野鶴埋首水月／啄起月瓣和自己的淚花」，就更加浪漫動人，順理成章。

第二節寫「遊子」步向死亡，在顧盼陰陽兩岸的時候，「看到搭渡先辭的父」；看到來送別的「子」；看到「水畔濯衣的妊娠婦」。此刻三代人同在，還有一個孕育中的新生命，「他」看到生命生生不息的循環。「他」抑或還會看到「輕垂如髮的黑霧上，兩盞／因淚水而倏然一亮的小橘燈」？詩人在這裏沒有交代這兩盞「小橘燈」（兩顆眼睛）的主人。我們繼續讀下去，看這個來送別的「神秘人」是誰……

第三節寫「我」上路，回顧送別的人。此時「霧起了」，「渡頭」變得越來越黑，來送別的人沒有回去，「卻反朝更黑的渡頭逼近」。「我」在「人羣中回顧」，盼望「你」的出現。全詩至此才交代愛情主題，「你」是「我」一生所愛，到了死別的時候，始終沒有來相送。「你是不會來了，頤，我知道／你是不會來了……」，「我」失望地自言自語。〈蝴蝶結〉原來有一個副題曰：「給頤」，「頤」就是那兩盞「小橘燈」的主人。

第四節寫「我」從失望中「驚瞰」上路的「人羣隱隱」，像「一長串前蠕的毛蟲，滿馱美夢」。「我」頓覺人生不過如此，生死循環，將死去的「毛蟲」（「我」）很快又滿馱美夢，「破繭」重生。

第五、六節進入全詩的高潮，寫「我」作別陽間之際，拋下最後的心願。「我」對「你」依然心存奢望，且向「你」許下諾言：

如果你來了，我所失去的

且把淒美而不可解的笑容如落葉飄下
在水中月上把我承載
頤，我一定會看到盪漾的同心圓
看到藕絲編成的纜索，在你髮上
柔柔縛着美麗的蝴蝶

在那生生死死夢夢醒醒的夜晚
月迷津渡，我再不會
解下那蝴蝶結走了……

「我」寄望「如果你來了」，「我」寄望看到「你」那「淒美而不可解的笑容」。「你」的笑容可以「在水中月上把我承載」；愛情的力量可以把「我」從死亡路上拯救回來。那時「我」「一定會看到」水中「盪漾的同心圓」，看到「你髮上美麗的蝴蝶」，「我」便會回心轉意，「我再不會／解下那蝴蝶結走了……」。「我」便回頭「重生」，與「你」續前緣。

第五、六節進一步交代「我」的失戀故事。「我所失去的」句，間接交代了「我」曾經擁有過「你」。詩人沒有交代「失去」的原因，總之現在「失戀」是事實。「你」的笑容能「把我承載」，把「我」從失戀中拯救出來，讓「我」看到象徵愛情的「蝴蝶結」和「同心圓」。刻意強調「一定會看到」，也暗示「我」曾經「看不到」蝴蝶同心，看不到「你」的愛，「我」辜負了「你」的情誼。全詩結句「我再不會／解下那蝴蝶結走了……」，也間接交代了是「我」親手解下「那蝴蝶結走了」。

〈蝴蝶結〉是一封殉情信。「我」的愛情完了，生命也完了。此詩花大篇幅寫「我」如何步向死亡的情景，由到達「渡頭」，到被「擠到水中」，「我」是異常的平靜，即使有牽掛，也只是淡淡然的一句「你是不會來了……」。「我」期望「如果你來了」，「我再不會／解下那蝴蝶結走了……」也不過是空想、是自嘲的說話。而「你」始終沒有出現，是意料中事，「死」是註定的了。一切都在掌握（想像）之中，「愛」可以毀滅生命。

〈蝴蝶結〉是一篇愛情懺悔書。此詩借寫「我」步向死亡，以抒發「我」對愛情步向死亡的哀悼情懷。人之將死，其言也善，愛情路上，告別情人，臨死的一刻，仍心繫舊情人。想像那「輕垂如髮的黑霧上，兩盞／因淚水而倏然一亮的小橘燈」，是情人淚眼汪汪地趕來，要把「我」從死亡線上拉回來，足見「我」死心不息，不肯面對現實。「我」一方面發出「你是不會來了，頤，我知道／你是不會來了……」的哀號，一方面又說「如果你來了，我所失去的／且把淒美而不可解的笑容如落葉飄下／在水中月上把我承載」，並且再三強調自己今回「一定會看到」「同心圓」和「蝴蝶結」，承諾「我再不會／解下那蝴蝶結走了……」。「你」到底有沒有出現呢？詩人沒有交代。「我」盼望「你」來「送別」卻是熱切的；盼「你」來「送別」，好讓「我」回心轉意，痛改前非，讓「我」告別「死亡」，重獲新生。「愛」可以拯救生命。

〈蝴蝶結〉是一首生命的哀歌。此詩寫人生的虛無與無奈，「月迷津渡」，霧起霧散，「我」隨着「人羣隱隱」步向死亡，「我被莫名擠到水中」。「死亡」在很靜很黑的「渡頭」上演，生命終於「滿馱美夢」，向上下八方航去。人生虛無、生命無奈，如「你」的笑容一樣的「淒美而不可解」。緣份虛無、愛情無常，「你是不會來了……」，「愛」註定要滅亡；「如果你來了」，「愛」可以重生。「生生死死夢夢醒醒」，緣起緣滅，無法掌握。失戀故事總是「淒美而不可解」。恰如此詩作者鍾偉民談此詩創作經驗時所說：「我寫『情詩』有個習慣，有種嗜好，『愛情』既是主題，同時也是包裝，包裝另一個潛藏的主題，譬如，生命的虛無，苦澀，無奈，艱辛。」（「石頭會網誌」：http://www.stone1997.com/stonebook，於 2014 年 8 月 18 日讀取）。

〈蝴蝶結〉是一首「淒美而不可解」的情詩。詩的「淒美」意境，全賴詩人苦心經營意象。例如第一節這幾句：

水紋不動一動，便朝上下八方航去
只留下送別的人，如野鶴埋首水月
啄起月瓣和自己的淚花

這裏寫將離世的人們朝「上下八方」航去，留下岸上送別的人。詩人以「野鶴埋首水月」比喻滿臉淚水來送別的人，非常貼切。想像人們眼眶裏「上下八方」都充滿淚水，此時所見之物就盡在「（淚）水中」，送別的人就像「埋首」水中了。於是，眾人「便朝上下八方航去」的場面，就像電影的蒙太奇一樣，讀者在虛實之間穿梭，疑幻疑真。此外，「野鶴」無親故，「水月」虛無，啄起的「淚花」也如「月瓣」一樣虛無。「水」、「月」、「淚」諸意象「混」在一起，湊成一幅美麗圖畫，當中的「月瓣」和「淚花」，與後文的「小橘燈」遙相呼應，尤其淒美。

此詩寫生命的蛻變和循環，暗喻「愛」也可以蛻變、可以重生。詩人借「毛蟲結繭」的意象，帶我們穿越生死界。只見「霧起了」，「人羣隱隱，像濕冷的鶴喙上／一長串前蠕的毛蟲，滿馱美夢」，「我」隨眾人浩浩蕩蕩向前蠕動，直至

「被莫名擠到水中」，作別岸上送別的人，「那時黑霧必將四散如繭」。「黑霧」原來是眾「毛蟲」吐出來的「繭絲」。霧起霧散，「毛蟲」最終也將「破繭」重生，生命在蛻變，循環不息。此時，如果「愛」還在——「如果你來了」，「你的笑容」如一片落葉「把我承載」，「愛」便可以縛在葉子上結蛹，「愛」將在「盪漾的同心圓」中蛻變，然後破蛹而出，變成美麗的「蝴蝶」。「我再不會／解下那蝴蝶結走了……」，「愛」可以重生。「黑霧」和「繭絲」、「毛蟲」與「蝴蝶」、「生死」與「愛情」，霧起霧散，緣起緣滅。〈蝴蝶結〉可能是最浪漫、最淒美的愛情詩篇。

鍾偉民的失戀故事在濕冷的水月和黑霧中寫成，讓我想起筱曉的〈被淋濕的愛〉有以下幾句：

被淋濕的愛 （節錄）｜筱曉

愛情
淋濕了
又風乾了

留下
許多的皺摺

筱曉的〈被淋濕的愛〉簡單易明，詩人將抽象的「愛情」，比擬成容易皺摺的「實物」，十分形象化地道出了愛情路的艱辛。不過，也正正因為這些「皺摺」，造就了許多可歌可泣的愛情故事。因此，愛情詩篇總以寫情傷、失戀的居多，也最為深刻，我們讀情詩的「皺摺」也最容易被感動，讀者彷彿與詩中的主人翁一起經歷風雨。「皺摺」原是愛情故事成長的印記；「皺摺」是情路上不可缺少的風景。

5

燈

成為風景
也見到了人間的風景

愛情路上幾許風雨；愛情淋濕了，又風乾了。「皺摺」處處的愛情終於守得雲開，迎來生命中最美好的季節，戀愛修成正果，接下來就是婚姻。

結成一盞燈，溫暖永遠抓着了你

王良和的〈柚燈〉要與我們分享結合的喜悅：

柚燈 | 王良和

如此甘心讓一柄小刀
分割自己的身體
渾圓的果肉斂藏着種子
全退出去了

自我的中心
豐盈的滿月退出了雲層
留下一襲乾燥的皮衣
秋風中漸次襤褸

都說刮空的果皮暴露於空氣
細菌裏外逡巡，發霉，乾癟
香氣將瞬息逸去
我卻感到中心一片空靈
敞開才感覺空間無限
封閉的恢弘如大地展放
納入慈和的星空
每一顆星都渴望大地注視
我仰望，一顆明亮的星倏然下降

你輕輕駐足於我的中心
我便彷彿蓮舟一瓣
搭渡浮過秋夜的水域
從蕊心開始
燈花徐徐坦綻，柔瓣外翻
同心的光暈一圈圈擴散
自我明亮一直到極邊緣
暖暖地，敷着我全部的傷口

溫熱的氣流充溢於中心
收縮的皮層徐徐地膨脹
前所未有的充實與豐盈
完全遮掩不住，一層透一層
直到表皮所有的細孔
都微泛着一衣金光
因一片光暈以熾熱相擁
潛藏的香氣遂感動得縷縷釋出
縈繞，交纏，一如爐香輕逐游絲
子夜寒涼，風，簌簌戲弄樹葉
我翹起皮瓣如翻起你外衣的領
已經結成一盞燈了——
宇宙最巨大的承諾與應許
我探身端詳，卻見你
因為美麗因為快樂
在唼喋的風聲中悄悄地流淚
熾熱的落在我的掌心
我便彷彿在死亡與永恆之間來回

我可以承托你一生的淚呢
當所有熟透的柚子破突一聲
自樹上落入泥土
無遮掩的燭火熄滅於風中
我們卻在風濤與波聲中浮盪

像一瓣蓮舟
隨緣靠着半開的舷窗外望
沒有甚麼遺憾的了，今生有你
短暫的旅程
成為風景也見到了人間的風景……

王良和的〈柚燈〉以「柚燈」喻男女結合，詩人借中秋節製作柚燈的過程，寫一對戀人結成夫妻的故事。這是一首典型的詠物詩，詩人借物抒懷，一方面寫柚燈；一方面寫夫妻結合，不離「一語雙關」的創作本色。

此詩分五節寫成，第一節開首即寫柚子被小刀破開的情況：「如此甘心讓一柄小刀／分割自己的身體」。接着，我們看到柚子「渾圓的果肉斂藏着種子／全退出去了／自我的中心」。「果肉」退出去了，「留下一襲乾燥的」柚子皮。這是製作柚燈的第一個步驟。一語雙關的詩句，隱含了「我」甘心「分割自己」、退出「自我中心」，讓「你」進駐我的生活的意思。「豐盈的滿月退出了雲層／留下一襲乾燥的皮衣／秋風中漸次襤褸」句，一方面交代了中秋節明月當空，人們剖柚子賞月的情況。另一方面繼續交代退出了「自我中心」的「我」，空餘「襤褸的外衣」，盼望「你」來給「我」溫暖。我們繼續讀下去……

第二節交代柚子皮「暴露於空氣／細菌裏外逡巡，發霉，乾癟／香氣將瞬息逸去」的情況。但「我卻感到中心一片空靈／敞開才感覺空間無限」。很明顯，前文寫柚子皮的腐化情況，後文借柚子吐露心聲，交代「我」迎接新生活（新婚）之前的胸襟。詩人續交代製作「柚燈」的下一個步驟：柚子皮「如大地展放」，然後「納入慈和的星空」——在展開的柚子皮內放置燃亮的蠟燭。這裏又多了一層比喻關係：詩人以「星星」比喻「蠟燭」、比喻「燭光」，以「大地」比喻展開的「柚子皮」。至此，「柚燈」已製成。除了製「柚燈」，詩人不忘交代「我」迎接「你」的心情：「每一顆星都渴望大地注視／我仰望，一顆明亮的星倏然下降」，「你」渴望「我」，「我」仰望「你」，我倆情投意合。

第三節詩人借「柚燈」抒懷。我們一方面看到剛製成的「柚燈」，像「蓮舟一瓣」，「搭渡浮過秋夜的水域」，「從蕊心開始／燈花徐徐坦綻，柔瓣外翻／同心的光暈一圈圈擴散」，蠟燭「明亮一直到極邊緣」，「敷着」（溫暖着）柚子全部的傷口的情況。另一方面也讀到夫妻二人結成「一盞燈」的喜悅，特別是「我」的感受：「你輕輕駐足於我的中心」，二人「同心的光暈一圈圈擴散」，「你」「暖暖地，敷着我全部的傷口」，「我」不再空虛、不再封閉。

第四節細意刻畫「柚燈」，將情緒推向高潮。詩人先集中寫柚燈的「溫熱」，寫柚皮「膨脹」、「充實與豐盈」，寫柚燈「潛藏的香氣」、「泛着一衣金光」。然後借「一片光暈以熾熱相擁」的雙關語，轉而交代「我」和「你」結成「一盞燈」——互向對方許下「宇宙最巨大的承諾與應許」之後的感動場面：「我翹起皮瓣如翻起你外衣的領」，「我探身端詳，卻見你／因為美麗因為快樂／在喹喋的風聲中悄悄地流淚／

熾熱的落在我的掌心」。「我」激動哽咽，甚至要窒息，時空恍惚，如穿梭於死亡與永恆之間。

第五節續借「柚燈」許下愛的諾言。相對於那些「自樹上落入泥土」的柚子，和「無遮掩的燭火熄滅於風中」，「我們卻在風濤與波聲中浮盪／像一瓣蓮舟／隨緣靠着半開的舷窗外望」，便「沒有甚麼遺憾的了」。燭燃燈亮，柚子皮承托蠟油，「我可以承托你一生的淚」，與你一起經歷人生的酸甜苦辣。詩寫到最後，詩人拋開了「柚燈」，我們看見一對新人，坐着「一瓣蓮舟」，正在接受眾人的祝福。此刻，「你」和「我」成為了眾人眼中的「風景」，「你」和「我」也見證（經歷）了人生最美好的「風景」。

〈柚燈〉無疑是一首浪漫的「結婚」情詩，詩人悉心經營的意象和場景值得我們重溫：

子夜寒涼，風，簌簌戲弄樹葉
我翹起皮瓣如翻起你外衣的領
……
我探身端詳，卻見你
因為美麗因為快樂
在唼喋的風聲中悄悄地流淚
熾熱的落在我的掌心

這裏交代「柚燈」已製成，柚子的皮瓣因為蠟燭的熱力而膨脹、翻起，我們就看見柚燈中央的蠟燭在燃燒，柚皮承托着徐徐流下的蠟油。一個平凡的「燃燈」景象，落到詩人手中，就變成了「我」掀開「你」的頭紗、翻起「你」的外衣領；「我」看見「你」流下喜悅的眼淚，便雙手托起「你」的臉、接住了「你」的淚水。此刻，子夜寒涼，秋風戲弄樹葉，與「柚燈」下洞房花燭的熾熱和浪漫形成強烈的對比。「蠟燭淚」這個傳統的意象，在〈柚燈〉裏翻出「我可以承托你一生的淚呢」的新內涵，正好配合此詩的主題。

此詩以「燈」喻戀人結合。全詩由剖開柚子取出果肉，到將燃亮的蠟燭安放在展開的柚皮裏，「柚燈」便製成了。「蠟燭」和「柚皮」結成一盞燈；「你」和「我」結為夫婦。此時，一瓣瓣的柚子皮，彷彿蓮花一瓣瓣，厚實的「柚燈」搖身一變，成了「在風濤與波聲中浮盪」的「一瓣蓮舟」。「柚燈」這個意象輾轉翻出夫妻風雨同路、乘風破浪的新內涵。詩末簡直就是一個感人的婚禮場面：花車（蓮舟）內「我們」憑窗外望，正接受親友的祝福，成為眾人眼中的「風景」。反過來，「我們」正在經歷人生最美好的時刻，見證生命中最美麗的「風景」。

王良和的〈柚燈〉視「結婚」為人生最美好的「風景」，

一對戀人「在風濤與波聲中浮盪」，在眾人的祝福下啟航，戀愛生活從此翻開新的一頁。

不過，也有人說：「結婚是戀愛的墳墓」，我想起李國威的〈曇花〉：

曇花 | 李國威

曇花開不到一個晚上
使人愁苦的清香，
繞膝如你的姿勢

燈下談着往事
女孩變成了妻子。
一生的愛有千種惱
只為這盛開的容顏。

根如酒，飲盡便醉
水滴成寒灰，推窗
看見了青山，零落的山火
在晨霧裏

我該用甚麼說話來安慰你

你有太多的思慮，靠着了我

仍說陽光來得太慢
我們的家還有明年的曇花
甚麼都不能令你蒼老

一年只須有一個晚上，溫暖
永遠抓着了你。

〈曇花〉也是一首典型的詠物抒情詩，詩人詠曇花以表達對妻子的關懷。我們一面看「曇花」，一面感受「我」對「你」訴說衷情。

此詩分六節寫成，第一節寫「曇花開不到一個晚上」，花香繞膝使人想起生命短暫的愁苦。貌美如花的「你」，此刻也繞膝相伴，臉上露出生活愁苦的神色。

第二節記敍兩人「燈下談着往事」，從前的「女孩」如今變成了「妻子」。「一生的愛有千種惱」既指一生一世的愛情和婚姻，可以編織出千種惱，相愛不易；也指「你」是「我」「一生的愛」，「你有千種惱」。無論如何，此「千種惱」都「只為這盛開的容顏」。末句一語雙關，既指花也指人。曇花惱在短暫「一現」，「你」惱在青春不再，美好的生活一閃即逝。我們繼續讀下去⋯⋯

第三節詩人沒有交代「你」的煩惱，卻跑去「推窗看青山」。「根如酒，飲盡便醉／水滴成寒灰」句，指出萬物變遷的規律，如曇花樹根，吸盡了養分，終有一天枯萎；流水也終有一天遇冷變成寒灰。不過，寒夜之後又會迎來溫暖的明天。正如此刻「推窗」，就「看見了青山」和「零落的山火」。「晨霧」（煩惱）散後，又將是一個溫暖、明媚的日子。本節寓意拋開煩惱，希望在明天。

第四節獨句成節。這是一個過渡節，作者透過「安慰你」展開下文，進一步交代「你」的「千種惱」。

第五節直接交代「你有太多的思慮，靠着了我／仍說陽光來得太慢」。原來「你」除了哀嘆人生苦短，還抱怨「靠着了我」（婚後）的生活欠缺「溫暖」。「我」唯有借花祝願：花開花落，生命仍在，「我們的家還有明年的曇花」，明年仍有「我」相伴左右，給你溫暖;明年的「你」依然美麗如昔地盛開。

第六節寫「一年只須有一個晚上」，溫暖的空氣伴着盛開的曇花。「我」也會伴「你」左右，讓「溫暖／永遠抓着了你」。

寫〈曇花〉的李國威，十分擅於把握「曇花」的特質，透過一語雙關的詩句，呈現妻子美麗、溫柔、多愁善感的形象，也同時呈現此詩的主題。「曇花開不到一個晚上／使人愁苦的清香，／繞膝如你的姿勢」，詩人先以曇花喻妻，再以「花香」喻妻（妻清香）。至於「繞膝」，我們由「兒孫繞膝」，想到曇花「清香繞膝」，再想到「妻子繞膝」的形象。以上三句，由視覺到嗅覺，交代「繞膝的妻子」。再由妻子「繞膝」，到後文寫妻子「靠着了我」，帶出妻子仍嫌「陽光來得太慢」，和詩末「溫暖永遠抓着了你」的全詩要旨。全詩「曇花」、「清香」、「繞膝」、「靠着」、「溫暖」諸意象的發展脈絡一目了然，可謂一氣呵成。

曇花一現，美麗而短暫，夜間盛開的曇花，原來也需要溫暖。當「女孩變成了妻子」，應該如何保持戀愛的溫度？李國威的〈曇花〉可能揭示了戀愛與婚姻的普遍煩惱。

浪漫耍花槍

由「戀愛」到「結婚」，由「女孩」變成了「妻子」，激情過後，應該如何繼續譜寫我們的愛情故事呢？黃燦然的〈世俗的妻子〉，教我們體會不一樣的浪漫：

世俗的妻子 | 黃燦然

我已經有好幾年
沒去過商店購物，

一切都由妻子承辦——
就是說，無論我需不需要，
也無論我喜不喜歡。
這一天我上班前，發現
我的挎包已換了新的；
那一天我沐浴後，發現
內褲和背心寬了不少；
又一天我漱洗時，發現
用得越來越自如的牙刷
突然變得硬梆梆！
有時候穿上一條不知道
該怎麼走路的牛仔褲，
或一件左看右看
都不順眼的茄克衫，
或腦袋下墊着一個
叫我在床上翻來覆去
睡不着的厚枕頭，
我就想，天呀，我前生
做了甚麼錯事，竟讓我
遇上這樣一個女人。
有時候我憤怒了，咆哮了：
「下次我自己去買！」
但我永遠沒有下次，
因為我不需要甚麼，

也不知道需要甚麼，更不知道
甚麼時候需要，
尤其是，距下次還有
幾年吧，妻子已經
又讓我說了幾次下次。
而這些還算不了甚麼——
有一天我下班回家，發現
家具、書架已移了位置；
另一天醒來，發現
小工作間已改了方向！
我除了說下次，唯一能做的
是鍛煉我的耐性，習慣她的習慣。
我承認，有時候
——我承認，經常地——
她安排得並不差，偶爾
還會帶來驚喜，
像昨天，我上班前發現
磨破我右腳幾隻襪子的舊皮鞋
已變成一對顏色、款式
都合我意的新牌子，
我好奇地穿上，試了幾步，
舒服得像走在雲端！我回望
世俗的妻子，她正在
收拾碗碟、擦桌子，

小狗跟在她後面
兜來轉去。

〈世俗的妻子〉沒有分節，詩人一氣呵成敍述「我」和「世俗的妻子」的故事。這是一首文字淺白、容易明白的敍事詩，卻值得我們再三咀嚼。

黃燦然筆下的「世俗的妻子」，沒有偉大的工作，她的唯一「貢獻」，就是照顧丈夫的日常生活：定時替丈夫購買生活日用品；定期更新丈夫那沉悶的小工作間。「世俗的妻子」最清楚甚麼時候替「我」購買生活所需，也最清楚甚麼時候更新「我」那沉悶的工作環境。「世俗的妻子」不會寫詩，只知道默默在照顧寫詩、寫文章、「脫俗的我」的生活。

「我」於是「憤怒」了、「咆哮」了，那是因為「我」發覺自己生活上、工作上都沒有了自主權。妻子總是無視「我」「需不需要」、「喜不喜歡」，就替「我」安排好一切，已經有「好幾年」了。於是，「我」發出「咆哮」：「下次我自己去買！」不過，「我」卻苦於「不知道需要甚麼，更不知道／甚麼時候需要」，「我」復發現自己根本「不需要甚麼」。因為妻子早就安排好一切，「我」生活得很好，「我」無從實現「下次我自己去買」的誓言。除了生活所需，「我」的工作環境也經常被妻子「改了方向」。我在無計可施下，唯有「鍛鍊我的耐性，習慣她的習慣」。

「我」的「憤怒」和「咆哮」原來只是短暫的、虛假的。事實上，「我」總是「經常地」覺得「她安排得並不差，偶爾／還會帶來驚喜」。妻子替「我」買的新皮鞋，甚至很「合我意」，走起路來「像走在雲端！」我們讀到詩的後半部分，才恍然大悟，詩的前半部分寫「我」對「世俗的妻子」的種種抱怨、投訴，不過是虛招。先抑後揚的文理，加深了我們對「世俗的妻子」的印象，一個安於本分、默默耕耘、無私奉獻、擅於把握生活、悉心照顧丈夫的好妻子形象躍然紙上，「我」對生活的無知，「我」的「脫俗」，更加凸顯了「世俗的妻子」的可愛和高大。

〈世俗的妻子〉在作法上忠於敍事詩「述而不作」的創作精神。詩中沒有驚天動地的故事內容，詩人十分擅於把握夫妻生活的矛盾，並從化解矛盾的過程中，展現有趣的戲劇效果。詩甫開首由「我」「有好幾年／沒去過商店購物」，展開對「一切都由妻子承辦」的抱怨，並帶出「下次我自己去買」的決心。所謂「下次」，當是「我」的日用品用舊了、用破了的時候。然而，那該是甚麼時候呢？要買哪些物品呢？「我」根本不知道！因為「我」一直生活得好好的，因為「距下次還有／幾年吧」，因為「妻子又讓我說了幾次下次」。「我」始終無法掌握「下次」，「我永遠沒有下次」。於是，「我」註定要永遠抱怨下去。這個矛盾也永遠沒法解決。我「唯一能做的／是鍛鍊我的耐性，習慣她的習慣」。

無法解決的矛盾，到了詩的後半部分，出現了戲劇性的轉變。我們看看這兩句：「我承認，有時候／——我承認，經常地——」。破折號在這裏有註釋上文和轉折文意的作用。於是，「我承認，有時候」就被註釋、轉折成「我承認，經常地」的意思。我們順着文意讀下去，就發覺「經常地——／她安排得並不差，偶爾／還會帶來驚喜」，甚至「都合我意」。夫妻矛盾，轉眼間變成了情投意合。至此，還有甚麼矛盾和抱怨呢？「我習慣她的習慣」無異於「她習慣我的習慣」。抱怨「世俗」的「我」，骨子裏是要炫耀自己甜蜜的夫妻生活吧。

〈世俗的妻子〉表面上寫夫妻磨擦，實質上寫夫妻同心，共同生活的溫馨。「世俗的妻子」和「脫俗的我」，在詩中形成強烈對比。「我」是個寫詩作文章的文化人，妻子是個全職家庭主婦。妻子先是「承辦」了「我」的生活所需，繼而「承辦」了「我」的小工作間。詩末安排「世俗的妻子，她正在／收拾碗碟、擦桌子，／小狗跟在她後面／兜來轉去」，一個溫馨的畫面，將詩思推向高潮。妻子默默耕耘，無私奉獻的形象躍然紙上。「我」看見「小狗跟在她後面／兜來轉去」，宛如自己就是那隻幸福的小狗，隨妻子一起享受世俗的生活——幸福的夫妻生活。「世俗的妻子」搖身一變，成了「脫俗的妻子」，矛盾又得到了統一。

黃燦然的〈世俗的妻子〉旨在歌頌妻子的美德，夫妻間的生活磨擦，變成了詩的趣味，變成了維持戀愛的新養分。

用詩來歌頌妻子的體貼和辛勞，還有潘步釗的〈答妻問〉：

答妻問 ｜ 潘步釗

吸塵機終於沉默下來
然後　你問我
為甚麼從來不給你寫詩
我不禁
笑了

地板剛擦得發亮
汗水死命地挽着髮端
不肯弄污我們半天的疲憊
洗衣機在傳呼
找衣架的時候

稅單和兼職廣告一起從門縫塞進來
潔廁劑呢？
又打破一隻碟子了

然後　你問我
為甚麼從來不給你寫詩
我不禁
笑了，說：
　「早寫好了，不信？唸給你聽」

於是
吸塵機又嗚嗚地鬧起來

潘步釗的〈答妻問〉分四節寫成，此詩第三、四節在內容結構上屬同一部分。詩人將「於是／吸塵機又嗚嗚地鬧起來」分隔開來，自成一節，是要營造特別的閱讀效果。

我們將全詩分開三部分來理解，很快就發現首尾呼應的內容結構：第一部分（第一節）記敍夫妻對話，妻子埋怨丈夫「為甚麼從來不給你（我）寫詩」，丈夫「不禁／笑了」，笑而不答。第三部分（第三、四節）再次記敍相同的情況，不同的是，今回丈夫（我）回答：「早寫好了，不信？唸給你聽」／／於是／吸塵機又嗚嗚地鬧起來」。不過，首尾呼應的結構，夫妻問答的內容，卻神秘莫測，教人摸不着頭腦，「我」到底有沒有給妻子寫詩呢？

我們唯有轉去讀第二部分（第二節）內容。第二部分主要寫妻子做日常家務的情況，包括擦地板、洗衣晾衣、清潔廁所、替丈夫處理稅單等等。妻子將家人照顧得無微不至，十分忙碌。第二節寫的這一大堆東西，簡直與「詩」風馬牛不相及！我們期望的「答案」始終沒有出現。

不過，此詩在外貌建築上有一點值得我們留意：我們說此詩第三、四節本屬同一部分，詩人故意將「於是／吸塵機又嗚嗚地鬧起來」分隔開來，自成一節，是要在視覺上製造「空間」，好讓妻子（以及讀者）細聽即將「唸給你聽」的詩篇。我們知道，此詩好快要寫完了、要結束了，那「早寫好了」的詩篇在哪裏呢？我們讀畢第三節，便滿懷希望地往下讀，詩人也煞有介事地另起新節，以便他那「早寫好了」的詩篇出場。怎料，我們讀到第四節，卻是「於是／吸塵機又嗚嗚地鬧起來」——原來那「早寫好了」的詩篇，是由吸塵機唸出來。但詩的內容呢？除了「嗚嗚」的吸塵機在叫，甚麼都沒有！莫非，莫非那「嗚嗚」的吸塵機叫聲，就是「詩」的內容？

我們豁然開朗！那「早寫好了」的「詩」，原是妻子的日常家務，由妻子自己親手譜寫出來，吸塵機的叫聲借代妻子繁忙的工作和辛勞。於是我們想起「生活孕育了詩，詩反映了生活」這個老生常談的文學創作道理。原來妻子一直活在「詩」中而不自知。第二部分詩人信手拈來，寫妻子的日常生活（工作），這就是獻給妻子最好的詩篇，也是對妻子辛勤工作最好的讚美。生活的詩篇，由生活直接道出來，詩何言哉！

此詩的內容結構，也別具心思。由第一句「吸塵機終於沉默下來」，到最後一句「於是／吸塵機又嗚嗚地鬧起來」；由「終於」到「又」，全詩盡顯妻子的忙碌。夫妻關於詩的對答，就夾在吸塵機「沉默」與又「鬧起來」之間。第二部分的「詩」（不停的工作、無盡的家務），也恰恰夾在吸塵機「沉默」與又「鬧起來」之間。可見「詩」早就填滿了妻子的生活。難怪詩人胸有成竹地回答妻子：「（詩）早寫好了」。由此可見，此詩內容與形式的巧妙配合。

〈答妻問〉盡顯詩人的機智。詩人起初對妻子的提問笑而不答，可能是默認自己真的從來沒有給「你」（妻子）寫詩。後來改口說，讓吸塵機唸出「早寫好了」的詩篇，也可以是信手拈來「蒙混過關」的「答案」。無論如何，「信手拈來」的「答案」，既反映詩人的機智，也反映夫妻生活的情趣，更反映了詩人尊重生活、熱愛生活的情操。原來寫詩不難，生活裏俯拾皆是感人的詩篇，要給妻子寫詩，詩人就即場示範，在吸塵機「沉默」與又「鬧起來」之間，替妻子「拾」詩，且交由吸塵機唸出來。詩末以「吸塵機又嗚嗚地鬧起來」作結，與黃燦然的〈世俗的妻子〉一樣，給讀者留下頗堪回味的想像空間。

十指纏扣，細水長流

幸福的婚姻生活，有溫柔的妻子，也有體貼的丈夫。羈魂的〈三探〉就盡顯大丈夫對妻子的關愛、男子漢的溫柔：

三探　｜　羈魂

白被單是掀揚的浪千層
妻就欹臥如睡蓮一瓣
蹁躚
我是舞遍漩渦而來的那翅蜻蜓
撼亭亭荷柱　點葉葉擎珠
依樣玲瓏的眸色竟帶
淌滴着的斑斑淚痕
怎惜田田　何傷寂寂

濯淨汙泥便濯淨剛毅
是子是實原含結莫辨的苦甘
縱驚濤也鎮制自
十指牢牢的纏扣下

羈魂的〈三探〉摘自組詩〈探〉的第三首，此詩篇幅短小，全詩一節成詩。我們掀開層層包裹的修辭外衣，不難把握全詩的內容要旨。

讀羈魂的〈三探〉猶如看一幅江南「荷葉田田」的風景畫。荷田裏「亭亭荷柱」上有荷葉，葉上有「擎珠」。「荷葉田田青照水」，水面上有「浪千層」，蓮花就睡在上面，花瓣含結甘苦的子實。這時候，一隻蜻蜓「撼亭亭荷柱」，沿途「點葉葉擎珠」，「舞遍漩渦而來」，為的是探望那一瓣欹臥在水面上的睡蓮……

〈三探〉是一幅富有動感的圖畫，詩人貫徹運用「荷塘意象」，掀起一場驚濤駭浪。詩甫開首即見「白被單」掀揚「浪千層」，繼而捲起「漩渦」、翻起「驚濤」，將「欹臥」病床的「睡蓮一瓣」的剛毅「濯淨」。睡蓮「玲瓏的眸色」淌滴着「斑斑淚痕」，「含結莫辨的苦甘」。另一方面，「蜻蜓」則風塵僕僕，「撼亭亭荷柱」，「點葉葉擎珠」，「舞遍漩渦」前來探蓮。可惜田田荷葉，如今觸目傷心。「傷寂寂」是對這場風浪的無奈反抗。「傷寂寂」一下子讓我們靜了下來，細看夫妻倆如何「十指牢牢纏扣」「鎮制」這場「驚濤」。

我們掀開這襲美麗的修辭外衣，就發現是醫院病床的白被單在「掀揚浪千層」，臥病其中的妻子，就是那白裏透紅的「一瓣睡蓮」，丈夫則是那隻「舞遍漩渦而來」探病的「蜻蜓」……

〈三探〉記敍丈夫第三次探望病中的妻子，看見妻子病情每況愈下，深感憐惜。詩甫開首交代妻子在病床上，「白被單」下「欹臥」的情景。「我」風塵僕僕地前來探病，妻子「依樣玲瓏的眸色竟帶／淌滴着的斑斑淚痕」，讓「我」難掩悲傷、憐惜之情。從前堅強剛毅的妻子，如今給病魔折磨得軟弱無力。詩末寄語夫妻「十指牢牢的纏扣」，共度甘苦，抵抗病魔。

幸福的婚姻生活，總伴隨着同甘共苦的故事。夫婦二人攜手走過一個又一個春夏秋冬。有人說，三十年婚姻是「珍珠婚」，大詩人余光中先生果然在結婚三十周年紀念日，給妻子送上一條珍珠項鍊，有詩為證：

珍珠項鍊 | 余光中

滾散在回憶的每一個角落
半輩子多珍貴的日子
以為再也拾不攏來的了

卻被那珠寶店的女孩子
用一隻藍磁的盤子
帶笑地托來我面前，問道
十八寸的這一條，合不合意？
就這麼，三十年的歲月成串了
一年還不到一寸，好貴的時光啊
每一粒都含着銀灰的晶瑩
溫潤而圓滿，就像有幸
跟你同享的每一個日子
每一粒，晴天的露珠
每一粒，陰天的雨珠
分手的日子，每一粒
牽掛在心頭的念珠
串成有始有終的這一條項鍊
依依地靠在你心口
全憑這貫穿日月
十八寸長的一線因緣

余光中的〈珍珠項鍊〉也是一首典型的詠物抒情詩。此詩是詩人為三十周年結婚紀念日而作，詩中記敘詩人在珠寶店購買珍珠項鍊的情況，並藉此抒發三十年婚姻的美好情懷。到底婚姻與珍珠項鍊有甚麼關係呢？我們想起珍珠和婚姻都「難得」、都「珍貴」、都「圓滿」；想起珍珠項鍊和夫婦二人都愛「牽掛」；想起串在一起的珍珠項鍊和一段美好婚姻都「有始有終」……余光中的〈珍珠項鍊〉全詩幾乎都沿着這個思路，句句語帶雙關地娓娓道來，此詩的創作靈感，大抵就是由這些聯想展開的。

〈珍珠項鍊〉記敍詩人在珠寶店購買珍珠項鍊的情況。珍珠「珍貴」在於都「滾散」在大海各處，搜集不易。要將一粒粒大小相若、顏色相近的珍珠搜集成串不易，一條十八吋長的珍珠項鍊就更加珍貴。「卻被那珠寶店的女孩子／用一隻藍磁的盤子／帶笑地托來我面前，問道／十八寸的這一條，合不合意？」詩人禁不住慨嘆：「每一粒都含着銀灰的晶瑩／溫潤而圓滿」，「每一粒，晴天的露珠／每一粒，陰天的雨珠」，都是大自然的精心傑作。彌足珍貴的珍珠項鍊，代表彌足珍貴的三十年婚姻，最好買來掛在妻子的脖子上，這是最好的紀念品。這是此詩的第一層意義。

〈珍珠項鍊〉暗喻夫妻兩人三十年婚姻的美好時光。美麗的珍珠「滾散」在大海各處；夫婦兩人三十年一起度過的美好日子，同樣「滾散在回憶的每一個角落」。「珠寶店的女孩子」將珍珠項鍊「托來我面前」；「我」則到珠寶店買項鍊，送到妻子面前；項鍊代表夫妻共同度過的美好日子，「我」將美好日子逐一「拾回來」，交到妻子手上。十八寸的珍珠項鍊很貴，

「三十年的歲月成串了／一年還不到一寸，好貴的時光啊」。珍珠「溫潤而圓滿，就像有幸／跟你同享的每一個日子／每一粒，晴天的露珠／每一粒，陰天的雨珠」。珍珠項鍊「牽掛」在妻子心頭（胸前），寄寓夫婦二人「分手的日子，每一粒／牽掛在心頭的念珠」。珍珠項鍊打開來「有始有終」，三十年的婚姻也有始有終。詩到了結束的時候，我們已經分不清詩人是在記敘購買珍珠項鍊，還是在抒發三十年美好婚姻的情懷：「串成有始有終的這一條項鍊／依依地靠在你心口／全憑這貫穿日月／十八寸長的一線因緣」。

〈珍珠項鍊〉是一首典型的詠物抒情詩。詩人十分擅於把握珍珠項鍊和三十年婚姻的共同特徵，寫珍珠項鍊之餘不忘抒發美滿婚姻的情懷，全詩幾乎句句語帶雙關。我們將此詩的比喻關係梳理好，就是這個樣子：

珍珠項鍊（喻體）		一語雙關		三十年婚姻（本體）
在大海各處	◂	**滾散**	▸	在回憶的角落
一粒粒珍珠	◂	**珍貴** **以為再也拾不攏**	▸	一天天美好日子

十八寸珍珠鍊	◂	卻托來面前 很貴	▸	三十周年紀念日
每一粒（露／雨）	◂	溫潤圓滿	▸	每一日（晴／陰）
念珠	◂	掛住	▸	你（妻）
十八寸珍珠項鍊	◂	有始有終 （一線貫穿）	▸	因緣

余光中的〈珍珠項鍊〉盡顯婚姻的甜蜜溫馨。結婚周年紀念日，詩人送妻子珍珠項鍊之餘，也送上這首別具意義的詩篇。相比潘步釗〈答妻問〉信手拈來的機智，余先生的禮物可能來得更加「實在」。不過，甜蜜的愛情故事，有時平淡而含蓄，盡在不言中。且讓我借渡也的一首小詩來結束這一章：

手套與愛 ｜ 渡也

桌上靜靜躺着一個黑體英文字
glove
我用它來抵抗生的寒冷
她放在桌上的那雙黑皮手套

遮住了第一個字母
正好讓愛完全流露出來
love

沒有音標
我們只能用沉默讀它
她拿起桌上那雙手套
讓愛隱藏
靜靜戴在我寒冷的手上
讓愛完全在手套裏隱藏

渡也的〈手套與愛〉也是一首借物抒懷的詩篇。此詩分兩節寫成，第一節交代「桌上靜靜躺着一個黑體英文字／glove」，那是「她放在桌上的那雙黑皮手套」。妻子替丈夫準備好禦寒的手套，隨意放在桌上的黑色手套，「遮住了第一個字母／正好讓愛完全流露出來／love」。「Glove」（手套）沒有了「G」，就成了「Love」（愛）。一個簡單的場景，記敘夫妻日常生活的片段，卻無意間流露出愛意。所以詩人說「正好讓愛完全流露出來」。

第二節寫愛意的具體表現。續寫「她拿起桌上那雙手套」，「靜靜戴在我寒冷的手上」，一切都表現得這樣自然。然而，夫妻二人沒有說話，「讓愛完全在手套裏隱藏」。正如躺着的那個英文字「Love」（愛）一樣，「沒有音標／我們只能用沉默讀它」。手套送暖、送愛（Love）；妻子送暖（手套）、送愛，一切盡在不言中。

「手套」（Glove）本是一個抽象的詞語概念，用來抵抗寒冷。詩人見「字」、見物思人，見人思暖、思愛。手套如妻，妻如手套，都「靜靜」地、「隱藏」地給愛人送暖、送愛。將這個巧妙的比喻梳理好，詩人的心思就一目了然：

	手套（喻體）		妻子（本體）
1	Glove 靜靜躺着； Love 沒有音標。	▸	靜靜地（放在桌上）為丈夫準備好手套；靜靜地（桌上拿起）為丈夫戴上手套。
2	靜靜送暖、送 Love。	▸	靜靜送暖、送愛
3	Glove 字隱藏了「Love」。	▸	妻子為丈夫戴手套的動作中隱藏了「愛」。

〈手套與愛〉沒有直接刻畫夫妻之間的甜言蜜語，轉而寫手套、寫妻子為丈夫戴手套的動作，藉以呈現妻子對丈夫關懷備至。幸福的婚姻，美麗的愛情故事，大抵都是由這些平凡的「小事」累積而成，細水長流……

6

燭

最後的一陣黑風吹過，
哪一根會先熄呢？

告別了熱戀的激情和結婚的喜悅，細水長流的愛情故事，在日趨平淡的生活裏汲取養分，依然生動而感人。相信愛是永恆，愛情可以永生，便無懼水盡河涸。

幸福的老頑童，相對無言

夏宇的〈甜蜜的復仇〉給我們展示了白頭到老的浪漫：

甜蜜的復仇 | 夏宇

把你的影子加點鹽
醃起來
風乾

老的時候
下酒

〈甜蜜的復仇〉分兩節寫成，全詩只交代兩個情節，內容簡單。此詩第一節記敍（我）「把你的影子加點鹽／醃起來／風乾」。第二節寫將「醃好」、「風乾」後的影子留待「老的時候／下酒」。

應該如何理解運用「超現實」寫作手法所表達的詩篇內涵呢？我們先不要理會「影子」無色無味，無法觸摸，該如何在上面「加點鹽／醃起來／風乾」的問題。不過，「加點鹽／醃起來／風乾」，就讓我們想到保存食物的方法，目的是留待將來食用。那麼，第一節「把你的影子加點鹽／醃起來／風乾」，就是要保存「你的影子」，將來拿出來吃（回味）的意思。詩的第二節說「老的時候」會用「醃好／風乾」的影子來「下酒」，間接告訴我們，在第一節那加鹽醃起來風乾的「影子」，該是「你」年輕時候的「影子」。全詩內容大意就是把「你」年輕時候的影子保存好，到了老的時候拿出來品嘗、回味。

讓我們回頭探討「影子」的意思。我們平時說：我的心裏有「你的影子」、有「你的身影」是甚麼意思？那無非是說：你的生活片段，留在我的記憶裏。於是，說醃缸裏有「你」年輕時候的影子，就等於說醃缸裏有「你年輕時候的生活片段」和「記憶」。詩人將「你年輕時候的生活片段」（記憶）比喻成「醃菜」，借「影子」喻年輕時候的生活。那麼，甚麼人的「影子」值得你去「加鹽醃製風乾」保存，待老的時候再拿出來品嘗、回味呢？那當是陪你走一生的愛人。〈甜蜜的復仇〉原來是一首十分甜蜜的情詩。

〈甜蜜的復仇〉是一首十分甜蜜的情詩。情詩既然「甜蜜」，卻為何又要「復仇」呢？這是一個十分有趣的詩題。「甜蜜」與「復仇」，一個意義「正面」，另一個則含「負面」意思。兩個詞語風馬牛不相及，甚至有點矛盾，怎麼會湊到一起來，且成為一首甜蜜情詩的標題？品嘗情人的「影子」很甜蜜，我們容易理解，怎想到這同時也是一個「復仇行動」？於是我們想起許多老夫妻打情罵俏的「復仇」情況：你從前約會總愛遲到，現在要罰你給我一個吻！為甚麼當初遲遲不向我表白？你送那束菊花算甚麼意思？現在就罰你給我寫情書！都這麼多年了，我還沒聽你說過「我愛你」，現在補回來……

「超現實」的〈甜蜜的復仇〉，領我們看夕陽下一對甜蜜的老伴舉杯對飲，細語喁喁，互相拿對方從前的「醜事」來

「復仇」，返老還童……

夏宇的〈甜蜜的復仇〉寫一對甜蜜的老頑童，但愛情路上有更多的老伴，可能選擇無聲的浪漫。讓我們讀讀沉思的〈答〉：

答 ｜ 沉思

山和山，他們說些甚麼
他們不說甚麼
只相對凝思

路和路，他們說些甚麼
他們不說甚麼
卻直通心曲

橋和橋，他們說些甚麼
他們無從說起
但忍痛載重

你和我，還要說些甚麼
千言萬語
不如沉默

沉思的〈答〉分四節寫成，四節內容簡單，行文結構相近，都分別以一問一答形式回應詩題。

細閱全詩內容，我們發現前面三節寫「山和山」、「路和路」及「橋和橋」，都以「他們說些甚麼」提問。到了第四節，「你和我」則以一個反問句「還要說些甚麼」提問。詩末的「回答」也不言而喻，且十分堅定，彷彿前面三節的答問內容，早就暗示了末節的「答案」。將此詩的思路簡化成下表，可以幫助我們掌握〈答〉裏詩思的來龍去脈：

山和山 ▸ 相對凝思 ◂				
路和路 ▸ 直通心曲 ▸	你和我 ▸	千言萬語 ▸	不如沉默	
橋和橋 ▸ 忍痛載重 ◂				
他們說些甚麼（因） ▸	還要說些甚麼（果）			

沉思的〈答〉運用了中國人傳統的「起興」手法寫「你和我」的沉默。甚麼是「起興」手法呢？宋代理學家、大詩人朱熹說過：「興者，先言他物以引起所詠之辭也。」詩人在前面三節聲東擊西，寫「山」、寫「路」、寫「橋」，原是為

了寫最後的「你和我」。我們由「山和山」的「相對凝思」，想到「你和我」的「相對凝思」；由「路和路」的「直通心曲」，想到「你和我」的「直通心曲」；由「橋和橋」的「忍痛載重」，想到「你和我」的「忍痛載重」。「山和山」、「路和路」、「橋和橋」就是「你和我」；「他們」都「不說甚麼」，或者「無從說起」，「你和我」也唯有「沉默」。〈答〉前面三節與末節的因果關係就是這樣建立起來的。

〈答〉既借「山」、「路」、「橋」來比喻「你和我」，我們就要進一步發掘「山」、「路」、「橋」所蘊含的意義，才能把握「你和我」沉默的真正內涵。

那麼，「山」有些甚麼特質呢？「山」穩重、木訥；「山」堅定不移；「山」不怕風雨。所以，「山和山」都「不說甚麼」，相對只有「凝思」。戀愛路上經歷過風風雨雨，日漸成熟、穩重的「你和我」，相對也只有「凝思」，一切盡在不言中。

那麼，「路」有些甚麼特質呢？「路」無懼迂迴曲折、崎嶇艱辛，萬水千山，總能「直通心曲」。所以，「路和路」都「不說甚麼」，它們相對「直通心曲」。「你和我」也走過迂迴曲折、崎嶇艱辛的愛情路，萬水千山，無從分隔。「你和我」直通心曲，相對也「不說甚麼」。

那麼，「橋」又有些甚麼特質呢？「橋」跨越障礙；「橋」

堅定穩重；「橋」忍痛載重；「橋」肩負兩岸的交通、問訊。所以，「橋和橋」相對「無從說起」。「你和我」同樣跨過重重障礙，忍痛載重，承擔起種種生活的責任。「你和我」相對也「無從說起」，原來「沉默」是最幸福的語言。

一對老夫妻，相對無言的幸福，紀弦寫得最簡單直接：

黃金的四行詩（節錄）｜紀弦

（5）
我們已不再談情說愛了，
我們也不再相吵相罵了。
晚餐後，你看你的電視，我抽我的煙斗，
相對無言，一切平安，噢，這便是幸福。

好一句「相對無言，一切平安，噢，這便是幸福」。的確，我們本來就從「沉默」處來。陳德錦的〈讀里爾克情詩三章〉（之二），可能道出了愛情的來龍去脈：

讀里爾克情歌三章（之二）｜陳德錦

我們只是同一張琴上兩條
彼此隔開的弦線

永不曾相遇
靜守一夜風雨
等誰將我們輕輕撩撥
我便淒然投進
嘈嘈切切眾音的繁響裏
如河魚發現水藻
發現了你

〈讀里爾克情歌三章〉（之二）將「我們」比喻成同一張琴上的兩條弦線，「彼此隔開」，「永不曾相遇」。我們本來各自生活，互不相干；各自「靜守一夜風雨」，面對人生種種挑戰。甚麼時候，又是誰將兩顆心繫在一起的呢？因為生活有「愛」，我們才走到一起，成了風雨中的伴侶；因為生活需要愛，正如魚兒需要水藻，我需要你。

讓我們細味此詩有關琴弦的比喻：同一張琴上的弦線，彼此隔開，平衡排列着，本是「永不曾相遇」，兩條沉默的弦線。就像「你和我」，本來彼此隔開，「不曾相遇」。琴聲響起，是「有人」撩撥琴上的弦線。琴弦跳躍，音波飛揚，兩條琴弦便發現了對方，便投入了「嘈嘈切切眾音的繁響裏」……那麼，又是誰在撩撥「我們」的呢？是月老？是紅娘？眾裏尋她，甚麼時候，你跳躍的心波，撩動了我的心房。

如「河魚發現水藻」，我「發現了你」。我們便投進生活的繁響裏，一起彈奏愛的讚歌，一起譜寫生活的樂章……

愛情是一種輪迴的病

魚兒逐水草而生，我有了你才活得精彩。千里姻緣一線牽，冥冥之中似有天註定。不過，再動人的樂章，也有結束的一天。我們既然從沉默中來，到了最後也該回到沉默處。大詩人余光中卻選擇相信「愛情是一種輪迴的病」（〈第七度〉），我想起他的〈三生石〉。

〈三生石〉是余光中為紀念與妻子結婚三十五周年而作。〈三生石〉是組詩，分別由〈當渡船解纜〉、〈就像仲夏的夜裏〉、〈找到那棵樹〉和〈紅燭〉四首詩組成。「三生」是佛家所說的三世轉生，即前世、今生、來生。佛家認為生命是永恆的，所以生命有輪迴、轉世。前世因、今生果、來生緣，緣起緣滅，因緣聚合，該還的情，該了的債，三生石上記分明。中國人相信緣定三生，余光中冀望來世能和妻子再續姻緣。在再續前緣之前，詩人首先想到了死亡：

紅燭 ｜ 余光中

三十五年前有一對紅燭
曾經照耀年輕的洞房
——且用這麼古典的名字
　　追念廈門街那間斗室
迄今仍然並排地燒着
仍然相互眷顧地照着
照着我們的來路，去路
　　燭啊越燒越短
　　夜啊越熬越長
最後的一陣黑風吹過
哪一根會先熄呢，曳着白煙？
剩下另一根流着熱淚
獨自去抵抗四周的夜寒
最好是一口氣同時吹熄
讓兩股輕煙綢繆成一股
同時化入夜色的空無
那自然是求之不得，我說
但誰啊又能夠隨心支配
無端的風勢該如何吹？

〈紅燭〉沒有分節，詩中的故事簡單而深刻。詩人借「一對紅燭」互相照耀，比喻夫妻三十五年來互相扶持、互相溫暖、共同生活的情況。詩甫開首即追念三十五年前新婚夜那「一對紅燭」，「並排地燒着」，「相互眷顧地照着」，「照着我們的來路，去路」。洞房花燭夜，從此展開二人漫長的婚姻路……

然而，紅燭總有燒盡熄滅的時候，夫婦也有分離的時刻。當「燭啊越燒越短／夜啊越熬越長」，死亡的黑影漸漸襲上心頭。「哪一根會先熄呢」？「剩下另一根流着熱淚／獨自去抵抗四周的夜寒」，這不禁引起詩人無限感慨。白居易說：「在天願作比翼鳥，在地願為連理枝」，余光中則願那「最後的一陣黑風」，「一口氣同時吹熄」一對紅燭，好讓夫婦二人「兩股輕煙綢繆成一股／同時化入夜色的空無」。無奈世事難料，誰可以「隨心支配」，那「無端的風勢該如何吹」？〈紅燭〉盡顯夫妻情誼之哀怨纏綿。

〈紅燭〉是一首詠物詩，詩人借紅燭喻婚姻，全詩幾乎句句語帶雙關。我們讀這類詩往往要一心二用，遊走於「婚姻」與「紅燭」之間，才能真正領略詩的內涵：

喻體	一語雙關	本體
紅燭	一對	夫妻
紅燭照耀洞房	並排照耀	夫妻互相照顧
紅燭互相照耀	相互眷顧	夫妻互相眷顧
一對紅燭（漸燃到盡頭）	越燒越短	一對夫妻（生活漸走完）
紅燭照耀漫長寒夜	越熬越長	夫妻共度漫長生活
其中一支紅燭先熄滅	先熄	夫妻其中一人先去世
獨自燃燒的紅燭流蠟油	流着熱淚	獨自生活的愛人流淚
一對紅燭同時熄滅	同時吹熄	夫妻同時離世
兩股輕煙，綢繆成一股	綢繆成一股	兩個亡魂，同時化入空無

既然世事不能「隨心支配」，唯有隨緣而行。幸有「三生石」，可以讓多情的詩人能與愛妻再續姻緣，我們繼續讀下去：

當渡船解纜 ｜ 余光中

當渡船解纜
風笛催客
只等你前來相送
在茫茫的渡頭
看我漸漸地離岸
水闊，天長
對我揮手

我會在對岸
苦苦守候
接你的下一班船
在荒荒的渡頭
看你漸漸地靠岸
水盡，天迴
對你招手

〈當渡船解纜〉內容簡明。此詩分兩節寫成，詩人借「渡船解纜」喻夫妻生離死別，別後重逢。第一節寫「我」「解纜」、「離岸」，作別互相眷顧多年的妻子；第二節寫「我」在「對岸」守候，「接你的下一班船」，「我」在渡頭向「你」「招手」，期待夫妻重逢，再續前緣，情節極盡纏綿動人。

細讀〈當渡船解纜〉，我們很快就發現兩節內容互相對應的行文格局。前面寫「解纜」作別妻子，後面寫守候「對岸」向你「招手」；前面「送」，後面「接」。前呼後應的內容，預示有分離必有重逢，夫妻再續前緣是必然的事。此詩的內涵，也收藏在這種互相對應的內容結構裏：

第一節「呼」	第二節「應」
解纜（作別）	對岸（重聚）
催客	守候
（你）送	（我）接
茫茫的渡頭 （茫茫前路，未卜三生願）	荒荒的渡頭 （等你，到地老天荒）
離岸	靠岸
水闊 （孤帆遠影，漫漫長路，遙遙相隔）	水盡 （極樂彼岸，久別重逢）
天長 （千里煙波，暮靄沉沉）	天迴 （天迴夢圓，再續前緣）
揮手（分離）	招手（重聚）

余光中十分擅長借助意象營造氣氛。「風笛」是聽覺意象，「水」冷是觸覺意象，「水闊」、「天長」是視覺意象；「風笛」聲催人，「水」寒迫人，「水闊天長」，遙遙相隔，前路茫茫，將第一節的離愁別緒推向高潮。「荒荒的渡頭」、「水盡」、「天迴」，從視覺上渲染、交代「守候」的堅定和渴望重聚的決心。「荒荒渡頭」，等你到地老天荒；「水盡」、「天迴」，載着離愁的渡船，終於航到了水盡處，來到了遙遠的天邊（天迴處），「我」將在岸上守候，「接你的下一班船」，「對你招手」。第二節寫充滿希望的等待，寫對重聚的期盼。此外，「渡船」漂泊不定的形象，也代表生命無奈、夫妻漂泊，聚散天註定。夫妻同舟，由此岸到彼岸，離合聚散，自有定數。但願同登「彼岸」，再續前緣。

夫妻好比一對燃燒的紅燭，我們不能「隨心支配」「哪一根會先熄」，就唯有相約在彼岸的渡頭。詩人同樣的祈願還見諸〈三生石〉裏的〈找到那棵樹〉：

找到那棵樹 （節錄） ｜ 余光中

蘇家的子瞻和子由，你說
來世仍然想結成兄弟
讓我們來世仍舊做夫妻
那是有一天凌晨你醒來
惺忪之際喃喃的痴語
說你在昨晚恍惚的夢裏
和我同靠在一棵樹下
前後的事，一翻身都忘了
只記得樹蔭密得好深
而我對你說過一句話
「我會等你，」在樹蔭下
……

〈找到那棵樹〉內容一目了然，此詩和〈當渡船解纜〉同樣反映了詩人對三世姻緣的嚮往和執着。

渴望死後再續夫妻情緣的，還見諸敻虹的〈死〉：

死 ｜ 敻虹

輕輕的拈起帽子
要走

許多話，只
說：
來世，我還要
和
你
結婚

敻虹的〈死〉簡單直接，也「死」得瀟灑。詩人視死如「輕輕的拈起帽子」出門，沒有牽掛。詩人刻意將「許多話」和「只」並排一行，形成強烈對比。「說」獨字成行，也與「許多話」互相呼應。原來「許多話」不過是要說：「來世，我還要和你結婚」。詩末「和／你」獨字成行，「結婚」獨詞作結，語氣堅定，信心十足。

再次排演離離合合的身世

敻虹寫〈死〉如寫約會信，視來世「還要和你結婚」為必然。那不過是詩人的豪情壯語，不能當真。如果不相信死後能再「和你結婚」，唯有千方百計，穿越生死。且看渡也的〈遺書〉：

遺書 | 渡也

1

君
莫怪奴只留下
一雙眼珠

在遠遠底書房裏
君
奴只留下
一雙眼珠

在遠遠底書房裏
一雙眼珠
只為了
看
君

2

君
奴留在案上底
那雙耳朵

猶能傾聽

君底吟詩聲
那雙耳朵

（千里孤墳
無處話淒涼）

君若隨身攜着
隨時吟詩
奴便不寂寞了

〈遺書〉由兩首詩組成，兩詩內容也簡單直接。第一首寫「在遠遠底書房裏」，「奴（我）只留下／一雙眼珠」，為了死後仍能每天「看君」。第二首寫「奴（我）留在案上底／那雙耳朵」，為了死後仍能隨時傾聽「君底吟詩聲」。這是夫妻死別的願望，是「遺書」的全部內容。

人死不能復生，獨留下「一雙眼珠」和「一雙耳朵」，以延續夫妻情緣，只是詩人「超現實」的浪漫情懷，替「音容宛在」找的一件新衣裳。從今以後，君看奴的「一雙眼珠」，奴的「一雙眼珠」也在看君；君攜着奴的一雙耳朵吟詩，「奴便不寂寞了」，不必「千里孤墳／無處話淒涼」。〈遺書〉真正要傳達的情誼，是時刻緬懷死別的戀人，而非再續姻緣。

為了營造「音容宛在」的氣氛，詩人在第一首詩反覆使用「一雙眼珠」一語。那是越來越豐富、層層推進的「一雙眼珠」。詩末「看／君」獨字成行，是那樣的情深、纏綿、堅定。詩人在第二首詩同樣反覆使用「那雙耳朵」一語，並在第四節直接引用蘇東坡的名句（加上小括號表示「幕後語」），以古人的淒涼，反襯「奴便不寂寞了」。渡也的〈遺書〉雖然寫戀人死別之痛，此詩讀起來卻讓人甜在心裏。

對於死亡，對於夫妻的緣聚緣散，鍾偉民卻看得很淡。所謂人生如夢，或者人生如戲，夫妻緣份，不過是生活中的過客，是戲中人。我們讀讀他的〈凝視〉：

凝視 ｜ 鍾偉民

戲總會完，有一天
我們總得離台，在眾人眼眶
淅瀝的雨季中上路
以一鈎新月
我鈎起塵世的戲服
你晾起人間的舞衣
透明的眼睛，望穿
鯨之路，鷹之路，星之路
路長，卻走得瀟灑

然後，星河流倦了
也許，我們也走倦了
都回到塵世的台上
扮兩個過路人
相遇而不相識
相見而無說話
卻又因偶然的一次凝視
重新排演
離離合合的身世

〈凝視〉由兩節組成。第一節寫有一天「戲總會完」，「我們總得離台」。詩人借「人生如戲」寫夫婦如戲。原來我們談情說愛不過是在做戲，夫有夫的戲服、妻有妻的舞衣。生命結束了，夫妻告別戲台，各自上路。然後是第二節，「走倦了」的我們，又「回到塵世的台上／扮兩個過路人／相遇而不相識，相見而無說話」。終於又因為「偶然的一次凝視」，「重新排演／離離合合的身世」，結成夫妻。

〈凝視〉相信生命輪迴，卻未必相信有情人可以再續前緣。喝過孟婆湯，將前塵往事忘記得一乾二淨的凡夫俗子，再回到「塵世的台上」，也不過是戲子一名，「扮兩個過路人」，舊情人「相遇而不相識／相見而無說話」。又因為「凝視」而再次邂逅，「重新排演／離離合合的身世」。

〈凝視〉擅用比喻，人生如戲，做人如做戲，夫有戲服，妻有舞衣。「在眾人眼眶／淅瀝的雨季中上路」句，既描繪了死別的淒冷境況，又暗寫眾人眼眶含淚送別親人的情景。如果人生以一天為限，一天過去了，夜幕低垂，「戲」也隨即落幕告終。此時，清冷的夜空餘「一鈎新月」，鈎起戲服，晾起舞衣。戲子們都上路去了……鯨魚為繁衍後代，長途跋涉以延續生命；雄鷹鷙望，長途飛行，胸懷高遠；星河流轉，遙不可及。詩人以「鯨之路，鷹之路，星之路」喻死後漫漫長路。不過，告別塵世的人「卻走得瀟灑」。相信「星河流倦」，大家走倦了，便「都回到塵世的台上」。我們又由一次偶然的「凝視」開始，重新排演「離離合合」的愛情故事。

甚麼是愛情？

讀鍾偉民的〈凝視〉，相信愛情故事都由「凝視」開始。因為「愛」，我們互相「凝視」；因為「愛」，我們投進了那張既可愛復可怕的情網；因為「愛」，我們以生命「點燃一盞燈」。然後，「生命便航入了另一美麗的水域」。一路上，我們的「愛情淋濕了，又風乾了」。幾經風雨之後，我們最終「成為風景也見到了人間的風景」。在要結束這場愛情長跑之前，我們不禁要問：到底甚麼是「愛情」？又是甚麼力量，教我們為了「愛情」而奮不顧身？韓霞的〈草〉或許帶給我們一點啟示：

草 ｜ 韓霞

你熱烈擁抱
狂吻着馬蹄
讓它踩着你的肉體
向前衝擊
生命繫在它嘴邊
隨時為它充饑
啊！這就是你
愛情的全部意義

〈草〉篇幅短小，內容形象生動。此詩寫「草」與「馬」的關係。詩中的「草」既是「馬」的食糧，也讓「馬」踐踏、奔馳。擬人法下的「草」看來是死心塌地忠於吃自己、踐踏自己的「馬」，只見它「熱烈擁抱／狂吻着馬蹄／讓它踩着你（草）的肉體」，「生命繫在它（馬）嘴邊／隨時為它（馬）

充饑」。詩末兩句將「草」和「馬」的關係揭開：原來「這就是你（草）／愛情的全部意義」；這就是「草」的愛情故事；這就是「愛情的全部意義」。

韓霞的〈草〉當然不光寫「草」和「馬」，擬人法下的「草」其實同時也比喻世上所有愛情的俘虜、愛情的奴隸。為了愛情（馬），我們的肉體甘願任由踐踏，還要「熱烈擁抱／狂吻着馬蹄」，生怕那只管「向前衝擊」的愛情（馬）將自己拋棄；為了讓愛情（馬）能繼續跑下去，我們且甘願成為愛情（馬）的食糧，將自己的「生命繫在它（愛情）嘴邊／隨時為它（愛情）充饑」。終有一天，「草」吃光了、草地沒有了；我們死了，愛情（馬）便完結了。我們要與愛情生死與共。這就是愛情的全部意義。

原來愛情是一匹野馬，馬要吃草、要在草地上奔跑。反過來說，如果沒有草，馬就野不起來，馬需要草才能生存。韓霞的〈草〉間接提醒我們：草不必需要馬，我們大可以當一棵不需要馬的「野草」。只是恨世間情為何物，我們卻偏偏要當那撲火的飛蛾！

韓霞的〈草〉寫愛情的魔力，為葬身火海的飛蛾而謳歌。林泠的〈阡陌〉相信愛情，不必你死我活：

阡陌 ｜ 林泠

你是橫的，我是縱的。
你我平分了天體的四個方位
我們從來的地方來，打這兒經過
相遇。我們畢竟相遇
在這兒，四周是注滿了水的田隴

有一隻鷺鷥停落，悄悄小立
而我們寧靜地寒暄，道着再見。
以沉默相約，攀過那遠遠的兩個山頭遙望
（——一片純白的羽毛輕輕落下來。）

當一片羽毛落下，啊，那時
我們都希望——假如幸福也像一隻白鳥
它曾悄悄下落。是的，我們希望
縱然它們是長着翅膀⋯⋯

〈阡陌〉顧名思義將「你」、「我」比喻成田間縱橫的「阡」和「陌」。「阡陌」是分隔田地的小路、土埂。既然「南北曰阡，東西曰陌」，「阡陌」就「平分了天體的四個方位」。本來一個南北，一個東西，互不相干。不過，當阡陌貫通東西南北的時候，總有交界匯合處，就因為要「打這兒經過」，

「相遇。我們畢竟相遇」……

詩的第二節寫「阡陌」在田埂上相遇，且「寧靜地寒暄，道着再見」，並「以沉默相約，攀過那遠遠的兩個山頭遙望」。此時「有一隻鷺鷥停落，悄悄小立」，然後有「一片純白的羽毛輕輕落下來」。

詩人在第三節交代羽毛落下的寓意：「假如幸福也像一隻白鳥／它曾悄悄下落」。原來輕輕、悄悄落下的「一片純白的羽毛」和「一隻白鳥」象徵幸福。不過，白鳥有羽毛、有翅膀，縱曾輕輕、悄悄落下，卻隨時會飛走。那麼，幸福也會悄悄的、輕輕的來，然後飛去無蹤。面對短暫而來去無蹤的「幸福」，「我們」（阡陌）仍心存希望，沒有怨言。

林泠的〈阡陌〉寫相遇不易，相愛很難。「你」、「我」是縱橫東西南北的阡陌，像永遠碰不着的兩條小路，卻可以相交於田埂的一點上。我們不過是「打這兒經過」，「相遇。我們畢竟相遇」，「在這兒，四周是注滿了水的田隴」，沒有退路，我們畢竟走在一起了，信是有緣。而此刻，「有一隻鷺鷥停落，悄悄小立」——幸福降臨，於是「我們寧靜地寒暄」。然而，「阡陌」註定要「往前走」，「相遇」只在一點、片刻，便要「道着再見」。「你」、「我」唯有「以沉默相約，攀過那遠遠的兩個山頭遙望」，追念那片刻的邂逅——幸福如一片飄落的白色羽毛，純潔、美麗，卻虛無飄渺。好不容易走到一起的一對，好容易飄走的幸福，有緣無份空惆悵，相愛很難。

〈阡陌〉寫生命無奈、寫愛情無助。「阡陌」的命運早註定，「我們從來的地方來」，沒有起點；「四周是注滿了水的田隴」，只有一條路，沒有其他選擇。「相遇」是上天的安排；「幸福」是偶爾的邂逅；「希望」是長着翅膀的白鳥。生命有限，愛情短暫，我們寧靜而含蓄地接受這一切。生命是被動的，愛情是無助的，幸福是輕輕的、悄悄的。我們且以「沉默相約」，以「遙望」相愛。只要「它曾悄悄下落。是的，我們希望／縱然它們是長着翅膀……」，便心滿意足，沒有怨恨。

〈阡陌〉向我們展示了一個沒有結果的浪漫愛情故事。浪漫是偶然的邂逅，沉默的相約，含蓄的遙望，有緣無份空惆悵；浪漫是短暫的幸福，無助的情緣，無法挽回的遺恨，人生苦短，相愛很難；浪漫是「你」和「我」悄悄的、輕輕的、寧靜的、沉默的、遠遠的，在向大家訴說一個心領神會、激動人心的愛情故事。

詩人也善用意象刻畫邂逅的場景，營造浪漫氣氛。鏡子一樣的水田，水天一色，「你」、「我」相遇——在水中央。

「一隻鷺鷥停落，悄悄小立」，「一片純白的羽毛輕輕落下來」，水光映照。白色的鷺鷥，白色的羽毛，象徵純潔、真摯的愛情。白羽輕輕落下來；愛情靜靜在發芽。會飛的白鷺鷥和輕飄飄的羽毛，寓意捉不住的幸福。水田光影虛幻，羽毛在輕飄，和「你」、「我」的愛情故事在「悄悄」、「輕輕」、「寧靜」、「沉默」、「遠遠」地發生。互相呼應的意象，將激情收藏得不見蹤跡。

林泠的〈阡陌〉教會我們不要執着愛情。人生苦短，相愛不易，美好的事物總容易消逝，留不住。幸福是水光反照飄下的一片白羽毛，虛無飄渺；幸福是有翅膀的小白鷺，不會天長地久。由初戀到熱戀，從結婚到白頭，愛情路上高低起伏，嘗盡甜酸苦辣。甚麼是真實而恆久的愛情呢？當我們「攀過那遠遠的兩個山頭遙望」，「一片純白的羽毛輕輕落下來」——我們曾經愛過，便心滿意足。

附　錄

情詩引錄一覽

1　網

謝雪浩：〈網〉，載關夢南編：《零點詩集》，香港：三葉文化出版，1998 年 4 月。

謝雪浩：〈刺痛的感覺〉，載關夢南編：《零點詩集》，香港：三葉文化出版，1998 年 4 月。

夏宇：〈空城計　為 P 寫給 H〉，載氏著：《腹語術・夏宇詩集》，台北：現代詩季刊社，1991 年。

夏宇：〈情殺案〉（節錄），載楊牧、鄭樹森編：《現代中國詩選》，台北：洪範出版社，1989 年。

方莘：〈開着門的電話亭〉，載白靈、向明編：《可愛小詩選》，台北：爾雅叢書，1997 年。

楊牧：〈水之湄〉，載落蒂著：《詩的播種者》，台北：爾雅叢書，2003 年。

徐志摩：〈偶然〉，載氏著：《徐志摩全集 1・詩集》，香港：商務印書館，1993 年。

鄭愁予：〈姊妹港〉，載氏著：《鄭愁予詩選集》，台北：志文出版社，1974 年。

2 諾

席慕蓉：〈一棵開花的樹〉，載喻麗清編：《情詩一百》，台北：爾雅叢書，1982 年 5 月。

陳輝：〈姑娘〉，載張賢明編：《現代短詩一百首賞析》，北京：文化藝術出版社，2004 年 1 月。

洛夫：〈因為風的緣故〉，載氏著：《因為風的緣故：洛夫詩選》，台北：九歌出版社，1988 年。

馮至：〈蛇〉，載張賢明編：《現代短詩一百首賞析》，北京：文化藝術出版社，2004 年 1 月。

波德萊爾（法國）：〈魂〉，http://blog.sina.com.cn/s/blog_49295c29010003wz.html，2015 年 12 月 29 日讀取。

洛夫：〈飲〉，載氏著：《雪崩：洛夫詩選》，台北：書林出版有限公司，1994 年 1 月。

3 霧

徐訏：〈見面〉，載黃燦然編：《香港新詩名篇》，香港：天地圖書，2007 年。

余光中：〈等你，在雨中〉，載喻麗清編：《情詩一百》，台北：爾雅叢書，1982 年 5 月。

王良和：〈和你一起划船的日子〉，載氏著：《驚髮》，香港：山邊社，1986 年。

胡燕青：〈擁抱你的時候〉，載黃燦然編：《香港新詩名篇》，香港：天地圖書，2007 年。

夏宇：〈擁抱〉，載氏著：《摩擦・無以名狀》，台北：現代詩季刊社，1995 年。

林煥彰：〈一九七零年的無心論〉，載喻麗清編：《情詩一百》，台北：爾雅叢書，1982 年 5 月。

4　皺

聞一多：〈紅豆〉（節錄），載仇小屏編著：《放歌星輝下：中學生新詩閱讀指引》，台北：三民書局股份有限公司，2002 年。

冰心：〈相思〉，載喻麗清編：《情詩一百》，台北：爾雅叢書，1982 年 5 月。

鍾玲玲：〈我看見他〉，載黃燦然編：《香港新詩名篇》，香港：天地圖書，2007 年。

王宗仁：〈鑰匙與門〉，載《聯合報》副刊，2003 年 2 月 16 日。

李國威：〈冬〉，載《香港新詩選（1948–1969）》，香港：香港中文大學出版社，1998 年。

呂永佳：〈而我們行走〉（節錄），載《香港文學展顏》（第十七輯），香港：香港公共圖書館，2007 年。

鍾偉民：〈蝴蝶結〉，載氏著：《蝴蝶不哭泣：我的一些抒情詩》，香港：突破出版社，1991 年。
筱曉：〈被淋濕的愛〉（節錄），載張默編著：《小詩選讀》，台北：爾雅叢書，1987 年。

5 燈

王良和：〈柚燈〉，載氏著：《尚未誕生》，香港：東岸書店，1999 年。
李國威：〈曇花〉，載《中國學生周報》，1974 年 7 月 20 日。
黃燦然：〈世俗的妻子〉，載《香港文學》2004 年 1 月號，總第 229 期。
潘步釗：〈答妻問〉，載《詩雙月刊》總第二十六期，第五卷第二期，1993 年 10 月 1 日。
羈魂：〈三探〉，載氏著：《折戟》，香港：詩風社，1978 年。
余光中：〈珍珠項鍊〉，載劉登翰、陳聖生選編：《余光中詩選》，北京：中國青年出版社，2000 年。
渡也：〈手套與愛〉，載楊牧、鄭樹森編：《現代中國詩選》，台北：洪範出版社，1989 年。

6 燭

夏宇：〈甜蜜的復仇〉，載仇小屏編著：《放歌星輝下：中學生新詩閱讀指引》，台北：三民書局股份有限公司，2002 年。

沉思：〈答〉，載仇小屏編著：《放歌星輝下：中學生新詩閱讀指引》，台北：三民書局股份有限公司，2002 年。

紀弦：〈黃金的四行詩〉（節錄），載喻麗清編：《情詩一百》，台北：爾雅叢書，1982 年 5 月。

陳德錦：〈讀里爾克情歌三章〉（之二），載《星島晚報．大會堂》，1983 年 12 月 14 日。

余光中：〈紅燭〉、〈當渡船解纜〉、〈找到那棵樹〉（節錄），載劉登翰、陳聖生選編：《余光中詩選》，北京：中國青年出版社，2000 年。

夐虹：〈死〉，載白靈、向明編：《可愛小詩選》，台北：爾雅叢書，1997 年

渡也：〈遺書〉，載喻麗清編：《情詩一百》，台北：爾雅叢書，1982 年 5 月。

鍾偉民：〈凝視〉，載氏著：《蝴蝶不哭泣：我的一些抒情詩》，香港：突破出版社，1991 年。

韓霞：〈草〉，載張默編著：《小詩選讀》，台北：爾雅叢書，1987 年。

林泠：〈阡陌〉，載喻麗清編：《情詩一百》，台北：爾雅叢書，1982 年 5 月。

策劃編輯：羅國洪
責任編輯：賴菊英
設計及排版：曾泳貞
內文插畫：趙崇英

愛情詩賞——讀新詩串起的愛情故事

作者：陳永康

出版：匯智出版有限公司
香港九龍尖沙咀赫德道 2A 首邦行 803 室
電話：2390 0605　　傳真：2142 3161
網址：http://www.ip.com.hk

發行：香港聯合書刊物流有限公司
香港新界大埔汀麗路 36 號中華商務印刷大廈 3 字樓
電話：2150 2100　　傳真：2407 3062

印刷：陽光（彩美）印刷公司

版次：2016 年 9 月初版

國際書號：978-988-14827-5-4

資助

香港藝術發展局全力支持藝術表達自由，本計劃內容並不反映本局意見。